U0810208

白壁

张远伦 著

Zhang Yuanlun

天津出版传媒集团
百花文艺出版社

张远伦　苗族，1976年生于重庆彭水。著有诗集『那卡』『两个字』『逆风歌』等。获骏马奖、人民文学奖、陈子昂青年诗歌奖、重庆文学奖、巴蜀青年文学奖、『银河』之星诗歌奖。入选『诗刊』社第32届青春诗会。

目录

第一辑：与女书

第二辑：时光帖

第三辑：中年游

第四辑：瓷语者

第五辑：小长诗

第一辑

与女书

广场与光

孩子，我会把荧光棒买来，交到你的手里
而村庄给我的萤火虫，从来都是我自己捉

我该感谢父亲，再微弱的光
都是一种捕得

我该感谢女儿，再微弱的光，都是赐予
孩子，你该感谢人世

有一个光影闪烁的傍晚，有一面柔软的广场
有一个小贩，将光，从他手里

传递到你手里。你父亲的掌心
只是一片经停的机坪

让光圈微微地飞出去，又弹回来
像是转赠给你，又像是故意漏给你的，那个黄昏

通奇门的孕妇

为了站稳
她抓住雕塑士兵腰间的一块黑铜

这个五百年前攻打通奇门的老兵
而今掏空肉身，被一个基座定在这里

他腹内空空，如有回声，如有鼓动
而她腹内的胎儿正在准备离开她

一块暗铜正在准备离开老兵掰断的手指
射出的箭镞永远一个姿势，悬而不垂

她依靠着人间的一块铠甲
若分娩，刚好身下尚有一个战场

银滩

在这里，我可以蜷缩得比波浪更低
没有什么比这更安全的高度了
当然，我还可以让海平面轻轻围绕着我的双膝
这时候，整个大海都是我的女儿

古玩城

向古玩城的通道走进去，就深入玉器的纹理了
易碎的裂口让人不安
越走，越是在赝品的错觉里迷路
我在分毫之间感受到巨大的空旷，误差
被混乱的秩序放大。我略微占据了空旷的一部分
像边角料，努力向精品里挤。匀速
成变速，再成加速。由于我怀抱女儿
从通道另一端出头的时候，像一粒杂石
从玉器的纹理里退出来，而我女儿的镜像
太过于逼真，还在玉器的真相部分，拔不出来

水无垢

女儿抚摸到水的骨头了
薄薄的

我想告诉她：水活着，就会长骨头
你长大以后，不要叫它的本名：水垢

好多迷路的水
都回来领取过自己的骨质

很少，很细微
由于珍贵，而像是你的头皮屑

女儿呀，当你对自己的身骨感到熟悉的时候
再去摩挲这些水的骨头

会发现，它原谅过所有叛逃的水
而又托起过很多失怙的水

这时候，你要叫它一声
——水锅巴，你好呀

水有惯性的美

水永远无法制动，我看见水的内心想要止息
而惯性让她有再走几步的动机
向空中再走几步
美就在最后那几步里面。致密变得零散
紧促变得松弛。水在劝离水
水在推开水，水在将水变成睡衣
薄薄地敞开，而后隐匿
冲动的光混杂着彼此无法辨认的颜色
一直跟着水，走最后几步
巨大的天空因为光，而把水招至麾下
婴儿刚会走最初的几步，只有被水和光吸引
全然忘记自己存在的时候，才敢迈开脚步
而后停下来，等着下一轮水的喷起
她又会走几步。最后转过身
双手绕在我的脖子上。她有轻微的害怕
绚丽让人有适度的恐惧感，我的女儿
喜欢上了水在空中最后的美。当然
这美让她对我产生了莫名的依靠

无名羽

跌落在木樨下的羽毛，颜色层递
黑减去一些黑，成为灰
灰逼出灰的杂质，呈现为
白。角质之刺也是白的
像刚从干净的身体里拔出来

一枚无名羽，让婴儿的时间
停顿十秒
伸出一只手，嘴里像是叫出
“你……呀……”
仿佛发出了她来到人世间的
第一声问候

没有风。这来自天穹的工艺品
竟微微动弹了一下

两把伞

我几乎是用脖子和锁骨，举起一把伞
而双手要推婴儿车
另一把伞的两条伞骨，被我双手
攥紧在车把上
安详的幼儿，双手紧握伞柄

一高一低两把伞从雨幕中出现
不见人的脸庞
仿佛高伞，在跟踪低伞
也仿佛，前伞在移动后伞

两把伞，忽然就飞奔起来
这奇异的一幕
仿佛我们爱着的闪电从天空迎来

也仿佛慢一拍的雷声
就要追袭我们

公交站喜见新雀

我有两个女儿，所以我爱麻雀
她今晨就在公交站台下
跳跃
像我的女儿那样
等 833 路

她的上一站是一片榕树叶
再上一站，是蛋壳
下一站
是我的掌心

可那分明是她此生唯一的禁地
嗯，孩子，再下一站
是空无

你会终生练习逃逸
而我将是你，最近身
又最迢遥的天际

分行

下台阶的时候我想起诗歌
分行
就是下一级台阶
背负上一级台阶赶路
未来是空白
有时候我会跳跃一级
为诗歌分节
我怀抱婴儿抄近路
她还很稚嫩
但足可形成分行中诗眼那句
她关节炎的父亲
是缺了一角的病句
她的母亲由于杂糅句式
已经微微有些发胖

我们注定走在别人的歧路上
从数量上看

刚好形成悬崖上移动的星座
台阶转角的时候
母女坐下来小憩
这时候，整首诗都在换气
而我要回到上一级
去删除上一行的自己

被安检忽略的父女

孩子喜欢坐二号线看嘉陵江夜景
为了节约两元钱
我们会沿线折返回来，从起点站出站
有时候也会奢侈一点
选择在临江门奔突而出
去踩响时代广场地下的阶梯键盘
安检员太熟悉我们了
常常会省略检测水杯这个环节
这让我很快乐。看上去
这对异样的父女不像是坏人
而她们假装低头没看显示屏的样子
常常让我忍不住想笑
一个几乎天天带着女儿玩的男人
有点戾气也不多了
而做成这样的无害动物
我已经花去整整四十三年

捉迷藏

她得保证在看得见我的地方
和我捉迷藏
反过来
我也看得见她
但要假装看不见
她才会获得快乐并叫出
——来找我呀
这时候我就是她的影帝
饰演我的三岁
当我女儿的小哥哥真难啊
得降低腰身，拱起后背
幸运的是，我那份小犬真
演起来不甚费力
我越窘迫她越喜欢
佯装失败而哭泣的时候
她会扑过来
扶正我歪斜的眼镜

扔石头

她喜欢向诸佛江里扔石头
咚的一声
不见了
留给她的水纹
我要在数年后才告诉她
那是涟漪
像一个古典美女的名字
要是也姓张
就会是我们命里的族人
嫁给了河床
她向着这条河床不断靠近
濒临危险的最边缘
我用双手轻轻地围着她
像涟漪那样
围着那枚浑圆的石头
很久才缓缓解开

豌豆荚

她左手拿着一枝豌豆花
看上去像一只
熟透了的蝴蝶
紫得有些过分
阳光穿透而来
我们就能看见花瓣的肉
和神经
她是此刻最贪心的女神了
赏花的同时
还要把豌豆荚送进小唇片
当我听见那细微的咀嚼声
才恍然发现
神灵也是偏食的
更着迷于野生，和漫不经心

玩河沙

最细微的浮沙，达到了最精巧的圆融
对这世界近乎无用
上午的春光中，一只小手形成的沙漏
无声无息
我不敢发声，用沉默
守着她的安静
这些沙，是这些河水最轻盈的时间
从来没有喧嚣过
我蹲在那里，死死捂住身体里的闹钟
光芒越来越盛大了
满河滩的浮沙都在午觉
并在幻境中，微微发起烧来

通奇门城楼上

琉璃瓦上的黑鸟，俯视小母亲的目光多一些
均匀一些，转移慢一些

它会适时将目光分一点给城墙垛口的乞丐
和他的铝合金碗

需活动一下细弱的颈椎之时，它才会换一个角度
恰好可将余光，赐予我一点

我在仰视钟声里的青铜，它在俯视啼哭声里的婴儿
挑起的檐角起势欲飞，而凝听的黑鸟如此沉静

从我这个角度看上去
大钟沉实地压着城楼，黑鸟轻巧地压着天空

没有一点光是多余的

清晨的鸟叫声中，光是唤醒者
我推着婴儿车出门，领走一片光
女儿领走一片光
我们头顶的长尾鹊，领走一片光
我们脚下的蚂蚁，领走一片光

广场上的每个人
都领着一片光在早行
钟塔上，时针领走一片光
分针领走一片光
我像秒针尖那样，也领走
一小片光。我为自己
参与了时间的形成而倍感快乐

孩子，你有一个女仆
叫作晨曦
你是一个柔软的吸光体

领着它在城市中央行走

而你的父亲，亦步亦趋，通体明亮
仿佛一个中年的透光器

老人·麻雀·婴儿

老人在阳光中低下头颅，麻雀在阴影里戏水
他抱守枯寂，它不断抖动
他们构成了这个下午的动和静
婴儿在他俩的延长线上熟睡
我站起身来，绕了很长的路
既不从老人和麻雀之间穿过，也不从
麻雀和婴儿之间穿过
我怕把两个人与一只麻雀之间的安静带走了
此刻，我才发现
光线的影子，叫作暗线。笔直地
横亘在垂暮和新生之间
被麻雀轻轻地弹奏，发出羽毛的欢愉之声

母女湖

一个湖泊需要一个山窝，两个湖泊串联起来
需要两个错落的山窝。那么一丁点儿落差
制造了山顶的水声，轻柔地，把湖泊之间的母女关系
说了出来。上一个湖泊满了，就把水送到
下一个湖泊里，像在某一个缺口
对上了口吻。在这里，高处的山窝
对低处的山窝，交代的方式，被称为倾泻
母亲湖对女儿湖的馈赠，顺势而为
被称为天赋。所以山之巅，水无端而来

同框与满屏

女儿抢我的手机拍照，不会摁键
只会获得短暂的画面。当鸿恩寺的飞檐
和天穹同框，就会仰着头
当地砖和蚂蚁同框，就会低着头
她不断仰拍，又不断俯拍
对高远的事物和卑微的事物
保持着几乎相等的兴趣
最后玩腻了，丢了手机，朝大江的方向
伸出手去。我看见，她蜷曲的手指
不是在抓取水平面
而是试图把嵌在空虚背景里的灰雀
抠出来。可枝条未动，鸟儿似眠
这时候天地同框，清澈的眼光
像一个长镜头，将满屏鸿恩寺的山水
限定在一岁零五个月的春天里

喊月亮

孩子昂起头，把它唤作：电灯
我说那应该叫月亮

她还是不断地叫：电灯、电灯
一个星球，在她嘴里有一个俗世的名字

每天晚上，我们父女，会选择空旷的地带
遥望，那一枚永远失控的电灯

她只是置换了两个发光体的名字
而我想置换天空和人间

她误发的是舌音，我纠正的是唇音
今晚，我竟无意识地，用舌尖顶住了上腭

爱就是光，用来浪费

长尾鹊，善于利用荫蔽
生来就是浪费光芒的，这点像我
我有时候只看见它洁白的尾巴
和光芒产生联系，获得半个身子
却是双倍的上天垂怜。有时候
我看不见它，只听见树叶中
窸窸窣窣……光芒被它全部浪费了
我慢悠悠从树下经过
像晨曦那样，浪费爱
从局部开始，浪费掉爱的斑点
爱的块面，爱的切口。后来
我浪费掉爱的整条街道，爱的高悬之巢
爱的华冠，以及，爱的不世之根
当我发现浪费掉爱的城市阳台的时候
已经，暮色四合
玻璃中逐渐折射出蜃楼般的灯火
随着我的爱浮动

孩子，这时候我不想和你说一句话
像光芒那样，只管掩映你
而不说爱你

给女儿讲讲北斗七星

北斗七星不是北极星
北斗七星是七颗星

有四颗星很坚实，它们组成方斗
像在打谷

有三颗星很柔软，它们形成篾席
像在挡谷

北极星是孤星，再亮也没有意思
北斗七星是群星，黯淡一点也没关系

它们先是倒扣在天幕，而后每天倾斜一点
仿佛有无形的力，将群星慢慢扶正

稻子熟透的时候，北斗七星
终于稳稳坐实在深邃的夜空

上天布满了预言，所以我们仰望
女儿，有时候，要相信轮回

当生命具有了盐的分析力

如果你在大海
你会通过缓慢的阳光，获得盐，它们就在搁浅的海螺壳上

如果你在山间
你会通过缓慢的时光，获得盐，它们就在深埋的造盐井里

女儿，这些都不是用神灵的方式来恩赐的
海水和地下水，从来没有绝望过

第二辑

时光帖

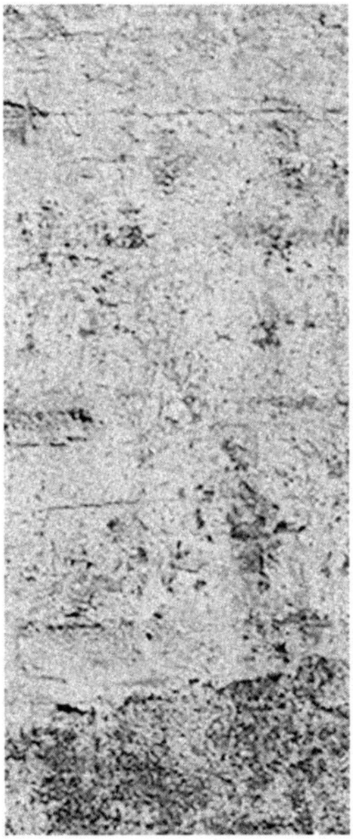

晨省

水声降调到几乎听不见
人心若有一个滩口，就好了
细流会化成水线，从一个跌宕里
浸入。身子是苇絮
柔软而吸水，也消溶水声
在这条缩小的河流边
我听水，找不出一个合适的象声词
来描摹，也无法转译
这江河的密语
和我一起静坐的钓翁
从昨日昏定，坐到今日晨省
尚无意离去。和我一样
他也在静默中修习
仿佛诸佛江是我们共同的王

这些刺……

村里的早春，这些带着刺的生命形态
都曾与人的剧情有关

苍耳子可以粘在袖口和领口
倒刺的抓取感恰似轻量的想念

云实的牛角刺得小心避开
可它的果片可悄然粘在后背

柞木的长刺形同狼牙棒，一生抵触人间
它木质坚硬，最宜做把柄

还有野花椒和两面针太相似
我得安装心灵软件，细细描摹

今天，登山，一路对这些刺
命名和转发，语音与文字都不足以阐释

看吧，我手掌朝天，皮肤上的割裂
与刺痛，轻柔而深刻，正如爱

扛

扛沉重的柏木，需两个人
都用左肩抬，“顺肩”步点一致
在山间小路上会累出些韵律来
一个用左肩，另一个用右肩
“拗肩”前行则要加倍小心
前倾后拉的力，上抬下沉的度
谬误不能过分毫
我有近十年没这样练习了
似乎已在尘俗中求得了平衡
以前，我总把“一起扛”当成活着
把“搭把手”当成拯救
现在，若是我们扛着柏木
该是哪句俗话呢？嗯，是“换肩”
我们会踏着羊一般的小碎步
凭着感应和默契
走向高天迎来的镜头中

蜂巢

这是悬挂着的国家，枯萎的国家
在小村的衣柜里渐渐被人遗忘
修补老宅的时候，被我取出
反复赏玩，像是发现了一群精灵
相濡以沫的证据
这是野蜂“长脚佬”的故居
她们身子修长，这个巢
也宛如吊瓜，是蜂后放大百倍的模样
束腰，长尾，全身紧密的孔穴
分成了许多格子，阳光照过来
整个古遗址通透又闪光
这是寄居我家中最浪漫的昆虫
一口一口地将情分送到这里
缓慢而精细，令静下来的我动容
我愿这样一个字一个字地
含着甜，建出无数诗的巢房
嗯，请一定看准笨拙而又内敛的那只
辛苦而又古典的翼卫，它是我

李花开

春阳之下，数瓣展为一朵，数朵挤成一簇
数簇压为一枝，树枝摇成一树
数树把菜园围起来，绵延成一个巨大花环

我这块圆弧形菜地，在诸佛寺山脚下
戴着天赐冠冕。无数细碎的小花
必有一朵是今日的你

我在寺顶俯瞰，隐约的花点连成玉带
把我的白菜萝卜宽容下来
朴拙与优雅，在村中天然的融合
而我们须登高才能目睹

二十年前，我栽下它们的幼苗
如今每株都是云盘
早春，我瞧出了它们微绽的端倪
想是决定不再内向

这块骄傲的冲积地，过几天
就会眩晕起来，持续许久
那个仰着头的逾越者
需得苦等多久，才有一朵贴在额头

此在

婆婆纳开出了遍地紫星，小村里青烟四起
准备春耕了，三三两两的人钩镰霍霍

清晨有亲人来借大锄，可掘多年蛮荒
而我的小锄要去池塘边挖折耳根

有诗心的人可避百毒，可不再颓唐
河滩上有人割野菜回去凉拌防疫

对岸钓鱼人抛出倒刺钩子
小河的细浪在滩口说出“我”一样的唇音

你是否在此生弯曲的岸线上坐了很久
我是的，最好的河流终将围着人前行

群鸟

数十只斑鸠从玉米地里扑棱而起
发出错落有致的振翅声
仿佛从它们的理想国里飞出
我便是误入的未知数了
柏木枝上换着调子叽喳的水丫雀
偶尔斜飞，黑身上抖露出两片
闪亮的白羽，像在对笨拙的我炫技
灰雀们大都有散乱的一群
而孤独的八哥，大都混迹于雀群
我闯入，它会抢先飞上破旧的屋脊
兀自在天穹下冥思，像移动的预言
从红椿上飞到老李树上的几只鸟
超出了我的目力，隐约是红褐的羽毛
我一时竟叫不出它们的乳名
仰头久了，我会发现一只喜鹊
托着慧尾飞过我头顶
这个中午，我被鸟类俯视

敌视，窥视，和轻视，这过程
细微得我须用汉字来陈述
她们是如此众多的独个你呀
让我爱着这灵羽飞舞的雪霁天

有赠

开春以来最透亮的一天，钓鱼人静坐到日暮
采水芹菜的人多了起来，远远地互相问候

孩子们挖折耳根时挖出了白茅根
我找苦蒿时，发现旁边几丛苦苣菜

将头伸进水井的人，久久观察上升的水面
满村人都貌似无所用心，而又各有窃喜

事小不足为外人道，却抚慰了连日不安
确实的幸福真小，而它们足够对抗灾难

村里卑微的事物，在疫期皆如神祇
似乎都能助我救赎，并转赠予远方

春日池塘

宽阔的池塘里，只有一条鱼试探春情
露头而后潜行，平静的水面被无肺水族搅动了

又一天难得的春阳，水微动
似乎底层有风，风成了两栖动物

今天，我仍讳言呼吸这个词
这个春天，能正常吐纳似已成为奢华

没有所谓灵魂的那条劣等鱼
非鲟非鲵，但是一身银甲

假冒了公元 2020 年 1 月 29 日的贵胄
注目间消匿，而我成为它在陆地上的影子

其时我在水湄，锯一株溺死的老李树
完毕，坐，看银鱼吐水泡

多么美的短暂啊

多么长的莼鲈之思

鹅卵石

对老宅院来说，鹅卵石是花圃的边缘
嵌在石蒜、春兰和薹草的身旁

对小女儿来说，鹅卵石是拟人修辞的启蒙
大的黑白石是猫熊爸爸，小的是猫熊宝贝

对你来说，鹅卵石是我背篓里的三个形容词
光洁、沉实和圆润

它们的分量，在这段抗疫的早春
抵消了所有惶惑、悲凉和愤怒

这些石头的手感，微微触动我掌上新茧
似乎，我正捧着你的轻仰的头

千里光

远远看见荒田边缘有星星点点的黄色小花
走近一看，竟是久违数十年的千里光

在心里，我更愿把它们唤为“奶奶藤”
是祖母的草药里重要的一味

稚童的我，曾沐浴过它们熬制的药水
和桉树叶一起，让我感激了三十年

如今，这些安宁的花朵
已无须对村里每一个光洁的身子负责

只有我体内遏制不了的跳动
还在不断自我突破

用看不见的力，撑开小村的一个角落
爱这种物质，可逼谦逊的骨朵一夜全开

在这段灰色日子里，它们是灵魂的试剂
我想当作先验，将未来泄露给你知

荒田

田里看不见水，枯草厚已盈尺
一脚下去渗出水来，水线刚没脚踝

你应是那个穿靴的人
被田埂上的丝茅草遮住了身子

大片野生薏苡谦逊地低下头颅
一串串草菩提悬在修长的腰身

荒得更早的梯田里长满苇草
午后阳光中长得像小村的银发

你应是从草族中独立出来的那株
微露而又隐身，像小丛捉迷藏的青蒿

墨兰

有兰在野。在平庸的同色系中发现思想者
得细腻地辨识近于黑的，草叶之绿

得有心区分风起时，谁的叶舞轻佻一点
谁的动静凝重一些

小丛墨兰隐身于大片春兰之中
我更喜欢这三片孤独的入世者

却有出世的谦卑，在薄春
邻家开始露出蓓蕾，她却守着自己的气脉

我在马尾松林里，陪着这株墨兰
静坐在绵软的林地上

你在此，把我误认为
一块沉默的光斑，久未挪动

直到小草上摇晃的墨
领来全村宽阔的墨

直到灯火渐起，我沿着反光的小路
出林，身后松啸渐渐至息

薏苡

荒田里满是薏苡，叶片枯萎
黑珍珠般的果仁却光洁地凸显出来

用手将心线一牵，就中空了
此刻若有针，定能穿引出一串

置于掌心，轻灵
草质的身子并未加重村子的重量

饰于手腕，会心生无端欢喜
撒于高处，则蓝天再次美容

我的村，大片大片这样的贵族般的草
如你不忍被我采撷

为你分解出汉字的草意
让我一粒粒地捻动

并结构出你黑瞳般深邃的形状
惊呼般的口型和声音

平安

身在悬崖，愿为绝情羊倌
一路都有南天竹这样的救命树

二十年前，每生活一天都像探险
而今，每前走一步都像避厄

为一株假想中的木樨而来
她雌性，浑身银花点点

而在四月掉下籽实，紫色，浑圆
那时，许是疫事已消

今天，我独自翻越
时间在我身上已成旧疾残疤

我右手碰掉的一块崖石
被我小心地放到平处

若失手滚下，至少，也会砸伤一朵涟漪
放心吧，我会平安

太多危殆的人了，谁是善的那个
我土欠安，但我要继续去看下绝境

高崖下的灯盏

从高处看，红岩村的几盏灯光
在大青河两岸，有犄角的美

一盏深陷于黑暗，近似熄灭
另一盏会呼应般明亮，意为拯救

果然，被遥远的祝福拔亮的那盏
在闪动几下之后，恒定地嵌在深山里

没有任何语言，能解释这种春火
每点都是意犹未尽，每处都是虚实相生

我从高崖上的险路经过
没有来得及听清灯的对话

那种低语，仿佛我们
被神秘的河流，判定了自身的位置

天赐

最高处的几枚酸枣，熟透了
香狸子够不着，醇香被鹊鸟独享

浑圆的小果便飞行于天空
越过金竹林和蓝潭

被衔到瓦沟子里，果皮尽去，浆汁吸干
露出硬核来

今晨我上房捡瓦，扒开青苔
得酸枣籽一捧

每一枚上都有几眼深黑的凹痕
像众多生灵穿越寒冬，立春后来看我

被我冲洗，反复摩挲
在冬阳下发出黄铜般的古意和微光

经历了老树的顶尖，飞鸟的喙
被炊烟煨热，又被积雪洗净

最后经由我手，传递到你掌心
该有怎样温润的光泽

病毒突起，我们退守内心
这近乎神赐的寓言，当开示我们

木香

今天，我遇到了汉语不能抵达的盲区
在村中御寒，三种木质的燃烧
散发出不同的香气，我竟不能
找到恰当的词语描述
椿子树的气息最淡，是村中最静默的
它火焰走动起来有些肃穆
老李树枯槁已久，燃透后
会散出来处悠远的暗香，长吸
就会进入肺腑，令我心生愉悦
而老橙树尚未晒干，仍能速达燃点
异香很快弥漫整间木瓦房
人这一生，总有那么一次
愿意在某种适宜的人体之香中
进入梦境。对于我
也深感羞赧，自己硝烟气的体息
被排斥在“香”的序列之外
似乎，我的身骨，对应不上

任何一种村庄的木香
所以啊，今天，我在反复的深呼吸中
在复合的天然之香中
浸润良久，仿佛已获得匹配的
生命中的香型。为此
我耗尽整个早春，和自我的焚烧

衔草飞行的鹊

两株楼子树之间，恰好容得下一次短途横飞
此树上一只鹊，彼树上一只鹊

双鹊隔空鸣啭，奇妙呼应
我的小村以空阔，支持这对小生命示爱

而雪后，摄氏五度，不是流连柔靡的时候
过多的交游便如人类的巧伪

此鹊从旧巢，衔走一茎草
白羽起伏之间，便抵达彼鹊

我是幸运的，抬头便见证了灵性的草
在空中的传递，和交接

那喙里夹带的，如同我诗歌建筑上的小词
被运送到秘境

我是有福的，见证了春来时的白云居
第一天的织爱手艺，轻盈而又精准

我村的留鸟呀，会选择在今日
成为新妇，成为被宠溺的那只

我如信徒，徘徊在小树林边
奉鸟为神祇，称你为神的女儿

芭茅与白茅

天上有巢，无鸟出没
我把自己的孤悬之意拍至迢遥

人间一半，幕天一半
我坐在大片柔草之中

绵软而又熨帖，忽然就有了近身之意
诗经“有女如玉”，通今日

网络主播遗弃的小草屋
顶层上“纯束”的，正是白茅

芭茅回甜，适宜反刍
但要小心叶沿刺破细嫩的肌肤

我想把这一切赠予你了
草的同类，定不会拒绝苍天美意

祈

夜不能寐，独起燃大火
昨日紫荆木已能毕剥速焚
枯坐两小时，室外晨曦初露
诸佛寺顶白雾深锁，形同沉雪
虚幻般的雪线缓缓散去
凝神祈愿毕，信步诸佛江边
忽入双鸟的蓝潭，惊飞而起
发出“咣咣”鸣叫
黑影倏忽之间隐入荆竹林
江面涟漪久久不息
深感原罪，误入它者秘境
人这一生，怎样清澈通透
都是对世界的破坏了
比如今晨，为一己之悲凉
竟然打乱了天地开启时
那神秘主义的构成。宽恕吧

河滩

笑面，冷面，素面，傩面，谜面
每一块石头都是诗人

芭茅草与自己的倒影，潜水很深
没有涟漪能够拨动

水芹菜与泛白的河石，形成太极图
你得将视野调整到大约的平衡

每一片绿叶都不能采撷
没人忍心破坏天然的圆润

深情也这样静谧，像人世与己无关
没有多余浮夸，没有惊叫

甚至，你都不想对人表达幽默
一切都是本相，一次便是八十场

樵夫

山泉水和磨刀石，养着钢刃
斧头与楔子，合成裂缝美学

圆盘锯和楼子树，互为知己
抽丝剥茧，木头内部的白银撒落一地

紫薇在暖冬，光洁而单纯
根部开始的抚慰，可在枝头形成摇曳

樵夫做了十年，伐木等同删病句
晤面仅有半天，木粉形同积雪

两株木墀终于显露出来
从未在意时疫的侵袭

时光中，红花念着白朵
春后的桂子等着四月的鹊啄

第三辑

中年游

亲爱的卡伦

亲爱的卡伦，我有卜留克的老盐味
身上的大风之意，尚未散尽
亲爱的卡伦，我有木克楞的低垂之状
一节一节骨折下去的样子，并不是哀伤
亲爱的卡伦，我有枯苔藓的表情
尝尽夹缝之苦，才学会收养冰雪
亲爱的卡伦，你把一个湖泊带到我面前
是不是暗许我洗脱罪愆，立下遗嘱
亲爱的卡伦，别问我的遗嘱是什么
为了神而流血的人们，都爱你的黄昏
亲爱的卡伦，黄昏中划船而来的人
爱你的那朵紫色花，投湖的影子
亲爱的卡伦，你像油画那样缓慢地活着
而我会匆忙逝去，这并不影响你的安静
亲爱的卡伦，霜冻即将大面积袭来
而我的名字，还在和你谐音

——亲爱的卡伦，请叫我远伦
以白桦落叶的发音，以风暴拍门的口吻

在北极村，打开水瓶盖

这角度是人间唯一，是北极村最隐秘的方向
这悬空的高度是云朵和青草之间的高度
这倾斜的样子，是雪松倒伏的样子
这两厘米的风口，是一个水瓶口
这迎着风发出的呜咽
是一场凌厉的气流
对一秒钟的时间
彻底地屈服
呜呜——短暂，低沉，如腹痛的雀鸟
如极地对我的谴责
相比于看见虚妄的极光占领漠河的上空
我更愿意听见这
倏忽不再的痛诉之声

陪父亲进桂园

我是他的儿子，就像尘埃是光的儿子
就像旧楼是时间的儿子
就像拱形门上的砖块，是火焰的儿子
就像暗淡的小院，是幽深的
围墙的儿子

就像将军府，是中山四路的儿子
就像你，是三百里外，山坡上土堆里
两具白骨的儿子

北极村

白，包裹蛋黄，日出
有一种被剥离的动感
我看到清白的部分
被无形的手磨着，越磨越圆
我看见天堂的手工如此精细
竟然将一枚太阳的边缘，磨出大量雪来
我模仿这盛大的演绎
将自己细细打磨，我要
保持落日的身份。将遗失的雪
领回。保持好
她们陪葬的队形。我中年滚烫
而周遭已然如此寒冷彻骨
北极光是上天悲伤的颜色
并不代表永恒。可这一瞬
我穷其一生，并未看见

恰到好处的神秘力

睡在浮桥上，被水波按摩后背

我需要这恰到好处的荡漾，这恰到好处的摩挲
这恰到好处的追击，这恰到好处的穿透

多少暗处的细浪，才形成这恰到好处的
上帝之手

多久的月亏月盈，才促成一次潮汐
恰到好处的起伏

我睡在浮桥上，暗暗回应这遥远的古老的
分解的慈悲的

若隐若现的力，像是获得了意外的爱和善

我是她们的他人

整片花田整夜没有倾心的人间事，夜色独自空无
美独自存在
有点怔然
我是荷田的他人。当然，也是一朵荷花——她的他人
也是她们的他人
我的出现是隐秘的破坏
尽管我屏息静气，噤声不语，状若聋哑
仍然，是一个不合时宜的他人
她们以为我是需要安静的孤独者
而她们头上渐渐悬挂出来的月亮，把我制造成两个人
是的，孤独，有时候就是两个人

距离感

花瓣上的一滴露水
滑落在我的幻影上
我的肉身渐有凉，可我愿意这样，降低自己的体温
和荷田的水温，保持一致
我喜欢那真理一样的养成，也喜欢
那命运一样的衰微。此刻
我终于可以不用是人类了
零距离是最悲欣交集的获得
而以前我不知道

交颈

需要一片水
需要一朵荷花和她的一朵邻居
需要一场恰到好处的小风
就可以交颈了。这是少数荷花的表演
罕见，浪漫
自由真是极品。我不可模仿

我这样翻译海水

走，我们去聆听海水迷幻的声音
那些可以翻译出来的语言
让我们都为之久久缄默
我们听见的，白鸥也听见了
即便皓首穷经
它们也保持着耳蜗的优雅和圆润
这短暂的黄昏
贝壳含着几粒银沙先行睡去
而海鞘怀着孕，竟然是裹着彻夜的光
掌心捧着的水，刚出席一场风暴
便赶了过来，参加我们的世纪之约
如此安详，仿佛从未经历过惊惶
曾将海水译为忧伤的诗人
为自己的误差羞赧不已
如今他已老迈，静静地将大海
译为这星球上蓝色的邀请函
——欢迎海葬，伦翁

对一枚柿子的想象

我以一枚青柿子的形式悬挂在小院里
任由大风熨过
有一些黯淡的蒂，像判词一样
纷纷掉落，将北方的大地敲出了响声
细心点，你还能看见尚未完成最后落寞的
褐色的残花，簇拥着
青涩而又艰涩的我
再细心点，你会看见我躺在荡漾的细枝末节上
像一个被你提着的青灯笼
在济南的疾风中赶了一个暗夜的路
第二天呀，你再细心一点儿
还能惊异地看见，我已经交出自己的所有酸和甜
枯涸在远处的忍冬花树下
你如能再残忍一点儿呀，一脚朝我踩下去
会瞬间化为薄片。如你尚有耐心
会在阳光遍地的秋天，听见最后一枚
熟透的柿子掉在院里，声若落槌
我们在遥远的南方，都不由得轻轻战栗

风把你吹过来

风把你吹过来，而把所谓世界发回原籍

可你回不去了
为了赶上一朵槐花，或者一片杨絮
风闪烁其词地把你吹过来，飘忽不定地把你吹过来

所以啊，你看上去经历过虚无
并成功成为那个从虚无里走出来的人
用一丝白发继续探路

风搬动了自身，也袭击了他人
你在风盛大的时候，撞见了我的额头
如同撞进泰山皱褶遍地的页岩

我们在笼子里谈论诗歌
而风在更辽阔的笼子里，缓缓地
推动着虚构的神和真实的黄昏

风把你吹过来，那枚最低垂的星辰侧身让了让

在中天门下遇到一个神

他迎面而来，满身顶着阳光
仿佛路过一生最神圣的时刻
我甚至能看见他白胡子上的光芒在颤动
而当他侧身走向垃圾桶
后背隆起，仿佛突出了自己一身的异峰
我却在心里一遍遍地，想把他的半身卸下
缓缓地恢复为泰安的平原
若他愿意休闲自己，锃亮的秃顶
定然是吸光的旷野。青草遍地
香槐掩盖着洁净的天灵
这一瞬间我想起故去二十年的祖父
化身为一个丐神的样子
紧握着充盈的垃圾袋
仿佛攥着秘密的衣钵，和沉重的黄金

窗外之一

窗外响起悠远的口琴声
加重了我的幻灭
一个浑身雨露的人
走进蓝色的地图里
所有航线和轨迹
都在抖动
我们铺展着辽阔的素页
奉节的山是一把灵魂的镇尺
赶在滚雷之前
重重地，落在我的念头里
我窗里的空村
被响器预先安抚了内心
所以一面磨砂玻璃
也能在人类妄谈爱情的时候
静静地，捕获村中的闪电

窗外之二

夏雨天，雾在窗外白成乳
山脊线在轻轻痉挛
一面木窗被我打开半边
俯仰之间
天空被我挪用到窗框里
仿佛是一层薄薄的错觉
玻璃质一样易碎
我可以放一点儿风
经过半莲花的侧面
像经过一个人卷边的心灵
有人在骨头上温烫一壶玉米酒
有人，从消失中走出来
裹紧的小古装
让我觉得低眉是人间所有的美
让我一介孤臣一般
久久地仰望着棱状的天空

后山夜色下

夜色是一个杂食动物
一寸一寸地吞下枯草，然后吞下悬崖
落日似乎逃逸无望，也被吞下
那火与光的营养物质，似乎经得起
夜色缓慢的品味。直到平原
用极限地平线，将大地缝合
我们就坐在半山一块光洁的石头上
成为被夜色，最后吞下的部分
恍然间，我已听命于忧伤
和玄妙的未知。我们在北方的喉结上
停留了很久，仿佛经历了一场消失
和融化，以至于很久哭不出声来

布谷鸟的叙述

布谷鸟的叫声是两声还是四声
关乎报春还是啼血两种预言
而你认为变调的，换韵的
更像是曾经的幻境，在初夏的夜晚
在北境，得到印证
我也曾无数次
在中国西南的村庄里听到这些声音
有时候叫“咕咕”，干净清脆
像是神秘的少女单纯地呼叫
有时候叫“薅草苞谷”，婉转跌宕
像是人到中年，有了哀声
短促的鸟声恍如一场起承转合的叙述
带着错乱的情节和尖锐的细节
它在死寂的夜幕中
破空而来，唳叫之后又戛然而止
几乎没有余音
在故事的完整性中醒着的人

巧合般地，清晰地听到这种声音
似乎找到了命运的置换
和转嫁。我们从未见到这种鸟的真身
却在它的虚像之下
像一个劫数那样，互相侵袭
彼此指认。直到这场叙事
实现短暂的闭合。我们再也不能
听到圆融的续集了，鸟类也不能
为人的悲剧献唱
可我一直在心里相信，它
原本就是相同的一只，带着候鸟的
迁徙之苦，从南到北
又在我们的头顶上空鸣啭
我乘坐两小时的航空客机
才在徐志摩遇难的开山之侧，赶上它

黄昏的发祥地

六枚一年蓬在人间排列成星座
孤独的聚合草露出浅浅的紫色
这些我从未细心打量过的色调
一次次地向我传递不易觉察的信号
每一种光泽，都是暗示
都在打通我和神灵居所之间的密道
我的眼睛实在太小了
盛不下这么多转世的陨星
她们是黄昏的发祥地，如果幸运地
你从雨露和阳光的临界里
融汇进来，这些草和草的花
就会成为彩虹的策源地
让老黑山羊那样的隐者
也忍不住叫出羊羔一般稚嫩的奶声

我愿意居住在这样的帽檐

上天将帽子做成纯白的雪山
落日搬迁到它的边沿
我也在这里，惊险地建造云中居
如泰山允许我在一顶白帽上
编织新的十八盘
我也愿意在最后一级阶梯上
做你灰喜鹊一样的香客
帽檐从上午到暮晚
一直在提升着自己的海拔
所有那些愿意居住在帽檐的小风
都在接近山巅前撤退
在四个方向，所谓苍茫
是一种生灵的形体，也居住在帽檐
确乎被我们看到了
虚无和爱，都是可以互相触摸
和互相转赠的物质
匍匐而上，我们对这些看不见的

重于泰山的非物质，一遍遍命名
却不敢轻易叫醒她们

坐在一群儿童中间

这样一群随意休憩的儿童中间
有半个身位容我侧身坐下
就够了
有人已经从他们的步点上
先行跟踪而来
从他们的罅隙里
无声地找到位移的偏角
像是在泰山的膏腴之地上
找到一个斑点的位置
静静地发着光
这时候，沉默是所有语言的总和
谁也不愿意打扰这短暂的寂静
谁都忍住了内心的呼声

当槐花形成激荡的旋涡

千万朵飘扬于泰山的槐花
也只有小部分这么幸运
无数场纵贯华东的风
也只有小部分这么幸运
数千级通向天门的石梯
也只有小部分这么幸运
熙熙攘攘的人群里
只有我们这么幸运
见到数十朵槐花
在奇妙的风中旋转起来
越转越快，越来越像是自失
而又忍不住向着移动的核心
不断凝聚。白色的旋涡
在我们身边轻盈
而又激越地晃动
我们闪转腾挪避开它
生怕惊扰到这一神迹

这让我一旦谈到幸运
就忍不住向你们描摹
——如果你还爱这枚星球
就会在泰山的一场小花事中
巧遇那风暴的眼睛
凌厉而又温柔地注视着你

点水雀

她在水平面上寻找破绽
用喙点穴的样子
近乎投江
而往往是失败地掠起，转圈
又滑翔，俯冲下去
继续失败
我看见一群点水雀密集的失败
纷纷扰扰的黑点
像是夜幕被撕成了碎片
我看见一只点水雀孤绝的失败
在微晴的低空
像一个极速飞行的光斑
带着死亡的抛物线
一头朝岷江里扎下去
而它黑色的头像在我通讯录里
停留了很久

柳街镇的下午

午后，这里有一个安静的中国
多种方言在发声
来自东北的长者，过一会儿
他就会飞向我最长的对角线
在四川的小镇上
一个林盘盛下了我们
当然，也被一只猫眼装下了
倾听洁身自好这个词
我身体上生出簇新的感觉
像那只蛰伏已久的黑蝉
被向上的老竹又拔了一节
当我静默下来，听见墙上的流水
滴进旧日农家的猪槽
叮咚，像一个无形的乐疗师
我们低头凝听
这声线和光线的结晶体
良久，恍如两滴水
各自获取了自己隐秘的光圈

蒲苇

白净的花絮开在我的额头之上
是加绒加厚的羽毛
植入外滩的温暖阳光中
这样的植物名字
配得上一个读诗的女子
这个人，当生于民国
长在白渡桥边
有闲的时候，会手持蒲苇
低眉而过，看着自己的足尖
和残絮飞动的影子
一簇一簇散了去
回来的时候，她仍然手持蒲苇
白花遣尽，唯有空空苇管
像帝国银行柜台上
蘸满夜色的鹅毛签字笔

门环

一条弄堂里响起门环的声音

我愿意把这古拙而又涩滞的敲打
称为叩门
也愿意把我这位外省诗人的问候
称为干谒
我不知道自己究竟需要
门户洞开还是门扉紧闭
也不知道自己拜访的
是诗意的亡灵还是久远的虚幻

上午的阳光悬挂在门环上
铜在磨亮自己
我微微仰头
便会分走清朝的那一环微光
你若前来，会分走民国那一环
如我们都散开，逃逸

隐匿，消弭
两个朝代就会活在当代里
分毫不损地静止在弄堂的太阳穴上

一条弄堂里响着一对声音
我分不清哪一环是伤感，哪一环是孤独

达布村的时间简史

她葵盘状的银耳坠，藏着一轮时间
如将家族传袭算上
会超过一个世纪
她六十年的笑容，藏着一甲子时间
任何一个酒窝
都暗含一卷农历
她手中撕开的玉米棒
分享过时间。剥得更细一点
一粒一粒的时间
会铺满达布村所有的土地

是啊，最精细的时间
是种子
此刻，就在她手里
把玩，摩挲，翻滚
作为凉山的时间掌控者
她灿烂地笑着，仿佛时间

有了形状和声音

我屈身前来，在她身旁蹲下
像接受苦难和爱的再教育
一时惶恐，竟至莫名

第四辑

瓷语者

局部

我一生活在局部里，蟋蟀解决不了所有大地的荒芜
在星空的完好无损下，低声部的吟唱那么忧伤
一声长，一声短，又一声长，又一声短
而后无限长……完整性的人间啊，从局部开始爱起

冬日里的长尾鹊

三闲堂门外，老榕树上的长尾鹊
以为穿过曾家岩隧道，就可以飞出重庆

她们进洞露尾，出洞露头
把留在地下的时间，分成两段

请原谅我这个说谎的人。冬日里的长尾鹊
不会像我这样抄近路

她们站在树叶间等待阳光的时候是真实的
出现在我的阴翳里是虚构的

我手握茶杯混迹于世。看到她们
白雪一样的胸脯，更凸了

她们的心里从来没有外省，只有外人
我怀不忍之心，仍深深打扰到了她们

小年夜

群星占领天幕时，黯淡是我的能力
同样坐在寂静中，失明的那枚才是黑暗的知己

你是无意落入农历小年夜的小段公历时间
是错入城市南方的小片北方

我是古旧的人，茫然不知有华彩的现代
这点呓语，是我十年语音的合成

现在我要向老街献上最灿烂的温柔了
我从候鸟那里找到你，群鹊纷纷避让

同样，我们也坐在寂静中
你像白羽凌虚，我像孤星落实

斑马线

焦躁的时候，我在斑马线上
走斜线。平静的时候，走垂直线

清晨，我发现，前面全是焦躁的脚后跟
没有人愿意调整自己的走向

夜间，我发现，有些许平静的脚后跟
缓慢而笨拙

我窥见了他们的情绪，也把我的情绪
暴露给了身后

每天，我都想把那一条最优雅的线条
保持到底

可绿灯即将用尽。没人窥见
我在将白线从黑线里撤出

也没人看到，烙印在我内心的虚线
多了一条

光之箭

地铁站吞下那么多箭头，是什么人
将这些虚幻的蓝光削尖
作为指向，具有了锐利的一面
箭头近乎口令，芸芸众生
趋之若鹜。如我走快一点
超越一个箭头，则其射向的
是我的后背，令我暗自心惊
而当我突然面对不同方向的箭头
便会停下脚步，辨析其中一枚
命中的可能性。从幽深的地下出来
七个方向模糊难辨，纷纷射出的箭头
从明示，变成暗示，从明箭
变成暗箭，回头一看，深埋的地铁站
像一个异食癖者，强行咽下
许多光的箭羽，许多钢铁的骨节

时光赎

时钟悬挂在高墙上，我能听到
大齿轮抵触小齿轮旋转，发出的呼救声
接近精密便是接近真理
可我对不可能的完美并不热爱
我沉迷于猜想，胜过热爱谜底
当我愧对一柄巨大的秒针
分针和时针便会忍不住微微动一下
我知道自己获得了感应
就如同获得虚构的情节一样
让我充满叙述的冲动，在钟楼下
写这首精神落点的诗，并期待
被一声微响猜中，抑或拯救
喂，朋友啊，你会朝着枯槁的我
像唤醒时光那样，嘀嗒一声吗

博物馆

这世界只记住了鞋样

记住了脚踝的人死于清朝，名字不详
我在这里替他保持警惕
一个老妪向未来留下她的精巧部分
具有压缩的倾向
我能听出那决绝的力度，和骨头被纠缠的
脆响。她终于，在暗中
把自己的身体的某一个模样
遗传给了后世

馆藏的两种人在游走，互相不搭理
面面相觑却互相用想象力
来抚摸对方

我作为馆藏的一种实物，希望看清自己
那幽灵的样品。像一个老妪的

家丁，留下悬空的佩刀

于是整座博物馆便是老旧的刀鞘

麻雀的寓言

隔着玻璃窗，它的飞行轨迹上有一个对手
穿戴着和自己一样的羽毛
因此它不断地追击自己的映像
昏迷，苏醒
继续振翅飞上去

直到喙角流血，眼睛红肿
决绝死去

它的天敌，才被自己从虚幻的天空里抹去

两滴水

雨滴从布满尘垢的雨棚上滑落下去
与露珠从光洁的叶纹上滑落下去
有着同一个目的地
我的内心
有时候我看到自己的胸口
怀着荷花的蓓蕾
有时候，怀着深达十九层的，空无
逐渐地，雨滴与露珠
都朝向逐渐缩小，近乎消失的
无法向你准确说出的——悬垂状的
布满引力的——安宁

两个瓷碗

清晨，鸟鸣在侧。细瓷碗磕碰发出的声音
具有轻度的碎裂，一直
在和鸟喙里的气流较劲。她们互道早安
那种轻柔的唧唧，是碎裂之声的黏合剂
巢居的生灵们，不经意反对了人类
可我并不懂得感激。执拗地
喜欢上那种人造的碎裂，并不断从细瓷碗的边缘
温柔地拂过，如此经年
才形成声音的豁口，一个碗逃逸出裂痕
向另一个碗投诚。那哗变的声音
却是如此轻灵。空下来的，洁白的
因激荡形成云翳的，那只细瓷碗
预知了自己的圆满，而幸福地，震荡式地鸣叫

四块镜面

四块镜面合在一起
形成一个封闭的正方体空间

轿厢很安静

一楼进来的女人和二楼插足的男人
各自抱手而立
在陌生人面前紧紧抱着的是无形

继而抄手，最后撒手
是无形的扩大

四块镜面的内部，围着尴尬、局促和紧张
这时候我们需要一条裂隙

缓缓开启

陌生人从陌生人的身边撤出
我还在镜面里，闭合着上升

一个人从四个方面召见自己
越孤寂，越安宁

龟趺

午夜一只乌龟细微的扑腾就能惊醒你
白日，它近乎死一般活着
佯装的寂静甚至能欺骗整座傲慢的城市
直到此刻，它内心的要求
才显露出来
和你一样试图越过什么
这隐忍的孩子
还得活多少年，才能真正做到龟趺
沉实地匍匐于压力的底座下
你于心不忍，不想鞭笞于它
可闪电不这样想
你身背一个刑具，身背原罪
将其当作护身的盔甲
你就是一个软体动物了
自囚起来，生而反对辽阔
和快。你知道它的孤独
小如一粒红眼珠，无视这辽阔的人间

书院谈诗

做人先从下联开始，工巧无须太甚
喝茶先从天台开始，显露无须太多

我们谈谈诗歌吧：先从蜂蜜水开始
加上一点柚子皮的碎屑，余味全是苦涩

我们谈谈下半生吧：先从午后开始
加上一点黄昏的切片

即便夜幕辽阔如神
也只是惊险人生的小部分

最后，中山四路将我们寄走
而孤独像是背影，喜欢上了我们

瓷语

有爱的人，不会将细瓷磕碰出声
雾都表面有釉，我们对整座城市小心翼翼

人到半生，有碎裂的险情
每一个休息日，都在做修复的工作

指法粗疏，而它如此精巧
我的倦容像一个慵懒的周末

为达成底部的眩晕，它用血丝为纹
只有龙门浩老街能理解我身体的窑变

书院无他人，杯里浮动南山
一个人安详得可以看清花色里微妙的过渡

想到逝去的诗人，像泥坯认出了火
像寂静认出了寂静，也会发出响声

散光者

随便一个普通的年轻验光师
都能看出我瞳孔里的破绽

你的真实散光度数是严重的
这样下去，你会觉得人间越来越虚幻

二十年来，我已经习惯了错觉
并把迷离、飘忽、朦胧，当成美的真相

只有迷失过，才明白瞳孔里的扭曲
比内心的挣扎轻松许多

换上一副眼镜，看清一枚星辰的孤傲
看清它，黯淡下去时，那绝命的一闪

而我身体的晶状体，这最柔情的部分
还在等待犀利的刀片，切开它

推送者

我站在城市高处，成为曾家岩的悬崖
向外推送的部分
同时被推送的，还有一个露台

风从身下来，像推送白云那样推送我
鸣笛声从低处来
像推送隧道那样推送我

芭蕉叶从露台里长出来，古典地
推送着雨滴。众多雨滴化成雾气
推送着夜行列车

我的背面推送着我的正面。我的前胸
推送着空气。我的后半生
推送着前半生

总有一样东西被遗漏了，没有推送到

比如嘉陵江
孤证了我被动的一生

死局

独善其身的汉字，在棋子上
我抵达黄昏中的死胡同
随手救起了一枚
它的意义短暂死亡
无效的，休克的，一个汉字
被我把玩许久
它在喧嚣中被重新赋予新生的时候
我恍然，抽身而出
定义了自己卒子的身份
在这个城市中的乡场上
获取市井气
身后攻击声、争执声、辱骂声
依稀渐弱。我像被一步悔棋
挽救的诗人。赶在成为弃子之前
成为市侩之前，写出一句
救赎之诗。为了达成
和虚无这个对手的妥协
我允许死亡，可以后撤一步

寻人游戏

下半生，我一直在和灵魂玩寻人游戏

在黄果树，我藏在瀑布里面。一条湿漉漉的小道
避开了水帘。你用彩虹找到了我
在银滩，我藏在海平面下面。憋气一分钟
我默默数秒。你用窒息找到了我
在圣索菲亚，我藏在教堂里面。大雪覆盖穹顶
冰激凌反季节出现在哈尔滨。你用体温找到了我

在老家，我蜷缩起来，藏在土地庙里面
小菩萨仅能荫庇我的头颅。你用地窟之光
找到了我的下半生

每一次，游戏结束时，我收起灵魂
生命便损失一部分

可游戏还得继续下去

封面摄影

新书把一面墙对折了，把一束光对折了
把一个小女孩折在正面
把她的幻影折在反面
书脊像是刀锋
正在将厚重的黑慢慢切割
沿着折痕
黄昏断裂一厘米，扬尼斯·里索斯就住在
这光的裂缝里

麻雀的内心生活

小麻雀翅翼下那几片小风是幸福的
被羽毛吸走，又排遣出来
形成风的五月，风的小情场，风的内心生活
一米之外，是阳光，是另一只小麻雀

我蹲在草地边，迅速用
扑闪、颤抖、试探、迟疑这些词语来捕捉她
未果。继而，小风之下
几片醡酱草的圆叶也开始不安地躲避

我在有生之年第一次如此近距离
对羽毛的疏散、扩张、聚拢和束紧
产生了兴趣。轻轻地凑过去，试图
逼近她的瞳孔

试图看到微距里一个中年人的模糊部分
向一对麻雀学习最轻微的扑腾

此刻，光线被控制，被带走
我被时间省略了一瞬

我已经失去了半个世界

我要用镜头，才能将街道
控制在我偏执的情感之内

我正在失去镜头之外的，巨大的弯度
以及猝然而至的转折
可是我并未走完这些弧线，甚至没能
抵达任何一个转折，就停下来，折返

我要用镜头，才能将反向的街道
控制在我任性的情感之内
我正在失去镜头之外的，众多的分岔
以及指向的河流。我走不完它们
我的世界至少有一半，天然地失去
来不及去拍摄，去微距般地抚摸

那半个世界里，活着我的陌生人
在我抵达不了的弯度里，转折处，分岔上，河流边

我写诗，就是为了找到他们

其中一个陌生人
将这首诗，读成为我最后的，寻人启事

数数的人

数数的人，有时候会数出幸运星
有时候会数出闪电

有时候数着数着，雨就下起来。未知的数数人
将某一滴凉意数给我
有时候数着数着，雪就下起来。神秘的数数人
将某一片寒意数给我

就像我彼时，从酸枣树下经过，香狸子
将果核数给我，砸中头顶。而它突然静默
我感受到，戛然而止中带着某种惯性，袭击我

就像我此刻，经过中山四路的榕树
长尾鹊，将一滴发烫的体液数给我，击中肩头
我仰着头，试图从华冠中找出微露的羽毛来

从村子到城市中央，数数的人，从未停止过对我的发现

我在巧合中，已经活了四十多年

所以，我无时无刻不在感谢命运，和虚构

线条论

实线让我疲倦，比如水岸线
虚线让我更加疲倦，比如一叶孤舟的航线

我跟着线条走
似乎就是走向寂静的前线

无限延伸的大地之线，就是我们的命运
来不及完成。便会回头

水为我们划出了弧线，但足够绵延
你我都在孤舟里，被线条围困

抬起头，蓝色的穹庐用天际线
围困着奔突的水鸟

飞翔，也是局限，是不自由
只有死亡，能突破

可万籁俱寂的生死线，我还没来得及尝试
就被一声唳叫，从水平线上救起

清栖谷

你用那么多的睡莲，抚慰我的水平面
那么多的柳丝，垂怜我的河床

当我在谷中独坐，河流缓缓流进我的寂静
来不及侧身，为月光让座

这些白净的物质毫无逻辑地铺满谷底
和我的身体。像此刻毫无杂念的思想

无须我用半生的命运，制作一张邀请函
葡萄和苦瓜，都会为陌生人发光

微不足道的我啊，喜欢与同等的渺小交谈
当我为蟋蟀的吟唱而久久俯身，莫要打断

而当我抬头问小雪和大雪是否此间可居
小声些，白露和寒露稍有妒忌

明日晨起，我还要去滩口看九尊石头宠物
孩子们，闭窗关灯，请天空入住隔壁

望江之一

河流经过第一个半岛时，有人小憩
大片水，做着倒影一样的梦

第二个半岛远了些，轻了些
像我们的传说形成了连环

街灯一盏一盏地亮下去，顺着河流
形成两条光的虚线

轻微的呼吸声中，室内静极
我感觉到了南滨路在动

黄昏也怕黑，一直在天空中不愿下来
不知它为何如此迟疑

暮光是纯棉的，想抚慰谁就抚慰谁
而我们的耳边上天正在点名

望江之二

嘉陵江走在夕阳的前面去了
它尊重这个春天的暮色，并预祝了我们晚安

我们所处的高楼，与南岸的大厦一样
在用顶层扫天空，天空有什么不干净的

玻璃明亮无比，你坐在光圈里
从我的角度看过去，你也坐在浪纹里

重庆为你展开柔软的水平面
我吻着长河落日，像吻着天空的疤痕

望江之三

把这条河抄袭一遍
抄袭它的弯曲和再弯曲

当它的弯曲消失的时候我呈现了余生
那是流向的意思

我们就在大水的空灵部分
虚无晒干了，就是水渍，那是我

它运输着一个又一个黄昏
今天这个黄昏名叫天真

真理与爱都在下游
冰川让我们去海口看看

墙上自行车

冬日甚好，暖阳慢慢照进巷子
自行车和我嵌入墙壁

我在这里找到了自己真正的节奏
缓慢到已经停滞，只剩微微的前倾

龙头和方向在交流
谁能听出这些风雪的语言

脚架站在人间的角度越来越小
谁能理解这钢铁的委屈

我几乎睡着了，没有双轮
我的怀旧，不会在情节里走得太久

我在这穷途里发现了内心的分歧
“安静”其实是两条路

一条像是在绝望，一条像是在救赎
所以啊，你看到了我瞬间的犹疑

吹蘑菇

父亲认为能吃的蘑菇，都吹得响
吹不响的，定然有毒

偏南风也这样认为。它们一次次地
试探每一株蘑菇，过滤后的异香更为纯净

轻微的声音在密林里旋转，我在倾听
由于太过专注，我的身骨四十三年喜阴

嗯，当你看到那个一次又一次，企图把毒菌
吹空，吹响，吹出大动静的人，一定是我

仿佛终生获得了父亲的授意
和以身试毒的最后决绝

逆风在习习地吹，亚热带是一条狭窄的声带
发出菌丝般的颤抖，不知是谁的忧伤

空椅

长椅喜欢偎依这个词
我独坐，只能是空的一部分

我在坐痕里遇见我的未来
残冬越过时疫，和仲春是同一人

文明的孩子就睡在《小于一》的目录上
扉页敞开，是我们接待天光的客厅

春阳这个朝觐者，刚去你那里
现在，薄暮和我，都还在等它回来

在重庆，我养着永恒这个微生物

中山四路是故事中最美的抛物线
而不是走失的陨星
我们在故事的弧度上滞留了很久

墨点藏在视线里，光芒埋在露珠中
书院的一杯饮品里有茶多酚的微苦
我花了很久，才把弧顶和巅峰分开

我在重庆，养着永恒这个微生物

第五辑

小长诗

花点灯

1

我要请一朵花，做无氧呼吸
那火焰之上，轻柔的气流，定然
是它在换气。有一种无形
因它的圆润而有形。我看见那缓慢的运动
球状地上升。它嵌在低空的黑幕上
恍如一枚闪光的伤疤。洁净的
带有体温的，火焰一般的伤疤

2

点灯吧，孩子
你和灯的核心互换亮度；别害怕你的黯淡
一点火星即可替它充气，旋即撑开自己的空间
如同你打开自己的身体。我看见大量的暗物质
在逼仄的内圆里流动

你在旋转，你在制造黑夜里的旋涡
你越转越快，越像是在自证光明
你转得最快的时候近乎为飘
飘是我的平行线，是我的延展面
是我的转圜来到了更高的地方
你的轨迹曾经是我的不可能，是我的含混
和乱码。现在，你和我终于保持了一致
终于形成了生命中的错层，和叠韵

3

这个充满炎症的夜晚，身体里的黄金不断破碎
我来了，像一束默不作声的灯草
就这样孤独地爱上了命运
爱上了来不及撤退的墓碑
而你的骨架尚在成型，那柔韧的篾条，像是你的软骨
在我的掌心摩挲，滑动，抽搐，和破裂
我花光整个冬天来编织一个灯具，和你的模型
我最轻捷的手艺，是在你的每一个穴位上
打上死结。你就不会散开了，你就不会
在光和闪电的战栗之下，松开自己的命门
我一遍一遍，替你缠上词语的细丝
而你，像一个斜躺着的甲骨文字，让我破译

让我找到你的每一处细部，用绕指柔
形成穿引，我的无名指摩擦起光
一个灵活而又偏执的你，成为天幕之下
众多精灵中，唯一的孤独症患者
你是一盏不合群的灯，是我让你带有明显的缺陷
是我要把你和众多的光源区别开来
是我，要你，在升空的过程中
保持着倾斜的姿态。而灯草的火苗与我垂直
仿佛在纠正你的错觉。仿佛在让你
和辽阔的人世之上，达成惊险的平衡

4

我感激，火苗拉我一把，拉你一把
拉寂寞的河流一把。我们便都跌宕起伏
圣母也被我们点亮了
蚩尤也在我们命运的右侧，默哀和肃立
你以册页的形式，经历了经卷，如同经历诞生
你以褶皱的样子，还原了我，如同提示消失

5

火焰说：他的孩子们流离失所

天穹像是一个装着她们的口袋
上天原谅了千盏灯笼的喧嚣，和僭越
唯独对我的灯予以确认，称为本生灯
我因为制造光芒，而成为他神秘的嫡系
他可信赖的原生和首发
嗯，我是永夜之子，是不知名的遗弃
是无法理解的孤立和狷狂
我以波段的频率的方式，以磁场的方式
和诗歌交互，和时下的你构成重生

6

火中取花，便是在生命中抽取不属于自己的血液
我向你认错，我动了你的水土，采撷了野果两串
折断了树杈一根，那一串刺梨子，在秋风的胸脯上
刺伤了微醺的你。请原谅，我五百里来
专为破坏你宏大的寂静，抽象的画幅被我洒上涓涓的泉水
谢谢你啊，我在你的掌心里修炼，在你的心窝里偷吃
我的灵魂要求做人，而身骨要求成妖……我要继续
在火中取出光，取出摇曳，取出盛大，取出熄灭
取出所有春天的炭头。燃烧过，便会理解黑
释放过，便会理解尘世中的每一个匿名者
成为内焰，成为灯芯，便会理解外焰的迷离和崇拜

7

我的一生，会遇到无数映山红的伪装，火棘籽的幻影
刺糖罐的异名者，山樱花的重瞳，你和你们的
虚妄之反光。是的，当我在梦境的途中
恰好遇到一枚灯盏，拾起来，把玩，定然是其中
有一个你，在莫可名状的激情之后极速降落
来到陌生人的面前。我空出三条河床
来迎接这种巧合。你真的，就像随意的天体
而我，是你邂逅的大陆。当我在窘困的时候
突然获得意外的惊喜，获得警醒而又温情的光抵达
不由得产生奇妙的窒息。我身骨的撞针从不精确
击中的东西便是宿命。即便你存在一瞬
也是永恒。即便你因为过于通透，而光眼含砂
也是纯净。也是啊，我的近在咫尺的百步灯

8

我空出自己的胸廓，供你掌灯
空出诗歌的标题，供你占领
而我还在藤藤蔓蔓的人生里牵连不断
还在匍匐的姿态里，没有来得及抬头
在凌乱的步履里，拔出一个潦草的脚印
很难，很费力。所有过往都是一幅烙画
互相雕琢，互相灼伤

便是折损自己的生命，耗费自己的余生
我若幻想不死，你的光芒就是喷头里的蓝色火焰
我若信奉寂灭，你便是肉身灯

9

照亮别人，也照亮别人的祖国
用洁白的纸张，围成你的边疆
我幻想着，你在漫长的边境线上燃烧
火线蜿蜒曲折，围困着我无限的版图
我是你看得见的未知，和不可控的来势
华灯悬挂于每一个诗句的转承起合之处
照耀着精神缓释药品之下的原乡
只有小巷尽头，卡在枯树枝上的你
才是我汉语集合之后，最终的诗意回头
我穷尽所有铺陈和阐释，所有修辞和绝技
只为戛然而止的消弭。当我想说出什么
灯光就会化为篝火。当我要保留什么
无尽灯就会让我闭嘴。好的，我用拈花微笑
回答诸般困顿。也用休克，回答各种诋毁
孤灯的意义是永不绝望，群星为你明明灭灭
人间不允许两盏孤灯同时出现
独立之美不允许复制和模仿
死亡回答了永生的问题，绝交回答了友情的问题
我怀抱灯盏，回答了你的秘而不发

不问，不解释，不有所企图
尽善尽美，其实就是灯芯的热度慢慢回到常温
是所有颂词慢慢变成适度的问候，或不问候

10

光芒陪伴黑夜，走过它骨头上的沙地
一捧清水将他的心脏，署名为：高山流水
若上弦月是光之罅隙山泉
则仲秋月是光之浩瀚海面
圆满和盈亏，都不是必须
通透与漫漶，都不是你的表情
一盏灯与一轮月的区别，仿若野心和平静的区别
明知不可为而为之与可为而不为之的区别
独善其身与心怀天下的区别
野花与火花的区别，我与我的不在的区别
我执灯，孤立危桥，高山崔巍在背
河流缓慢潜行。夜已经
包含了敌意，析出了深情
我在互相反对的内心，用一盏衰灯反对无数明灯
那些无效而又必然的折腾，既是幻灭，也是长明

11

你沿着光的前生行走，成为大地的知音
弹奏着竹鸡的咕咕声。而我，渐成落叶
像是一片片金属，对音乐知根知底
我是一个单纯的人，却有着绵延不断的痼疾
远不懂得照亮即为伤害
我很久，没有这样，放生一盏灯了
像是放生一帧自己，又一帧自己
接下来，我要放生许多灯，就像是放弃自己的一生

12

窗帘拉着大风奔跑，灯光吐着信子
微生物也在雀跃。跑着跑着
我的万年历停在你身体的节气上
或者停在一幅剪纸画的孔洞里
白露和寒露都被当成夜归人的新家
而空茫燃烧起来，就必然是风雪

13

汗水微微被翻新，来到锐角处
我们就是一个拨片的两面，是一个手指的无名
你是我滑动而又紧紧拽住的线索

我是你挣脱而又重回的把柄
我需要这样的力，这样的角度
将你轻轻一推，你就飞翔起来
向着后照河的走向而去，向着越来越辽阔的柔尘布面而去

14

我们停下来，光子和光子呼朋引伴
我们是一座小城的美妙，一个小镇的惊奇
你在天空横移，像是打开穹顶的发光按键
我转动头颅，四面成为我的八方
弹丸之地成为我的广袤幅员
你那么小，像是秒针尖挑起的火屑
而你背后的旷野沉寂无声，像是在张开黑色的纤维
吸附所有光洁的坠落者。终于，火掉进了心火
光融入了灵光。我在漫长的叙述中
找到白发皓首的准确位置，并标注为空白
是的，最幽微的光，住进来
无声无息，没有原形。恍如潜台词
住进我的戏剧史；恍如留白，找到我的卷云皴

15

天下貌似清白，动物和植物们各自成家立业
当一株被顶翻的小树爱上牛犊的痒

这各不相关的事物也会重新安排运程
灯光啊，你的花朵，曾经代表的是我钟爱的生灵
无论它们成为何种剪影，并被你引燃
我都相信这种关联，是我们日常的神话
也是我们自然的神话。所以我点灯
灯光和我是互相启示：一种危殆而又迷人的技艺
开始蓄势了。你看，那激荡，像在自造风力
也像在打开原始科技的进入之门
我满怀敬畏和眷恋，像一个从不害怕迷局的少年

16

我们渐渐把喧闹的黑夜，变幻成一场灯的散步
十指走岔路，紧扣着另一个生门
越来越快风生水起的是别处的歌声
那些洁白的光斑是我通讯录里放出的号码
熟悉而又陌生，简单而又复杂
一个数字呼应着一盏灯，在随意交叉和重组
我知道，那些通体灿烂的灯，是追逐着微弱的灯去的
那些迷乱的数字，是追逐着忙音去的
我的天空好小，小到服务区归零
众多漫游的灯盏，被光的自身局限
像是在，完成一场不可能的挽留

17

在灯光的眼里，我想像凡·高一样与世隔绝
我拿着自己的灵魂当画卖
买家只有一个——紫色花
我在多处见过这种颜色的抽象，似乎隐含着
某种起点，和某种尽头
当灯光趋近，就会告知世界：初见即是永别

18

我也是这样把自己弄抽象的。我近乎狂热地
参与到灯光颜色变换的过程之中
当那些红变成那些蓝，那些蓝变成那些紫
那些紫变成那些黑，那些黑最后变成那些白
我所有的光谱循环，我所有的色谱轮回
我站在放生灯的原点，灵肉大挪移众多领域
重回，寂静，安详，无所谓爱恨
灯一批批在升起，无数个我站在别的断桥边

19

你们看，线条们的身材枯槁，与我相似
成就了谁的无限丰腴

陡峭的芒刺，解放了宽广的色彩
线条们高烧不止，我们节节败退
有一种光因为睡眠不足，在黑夜里晕眩
棒槌的击打，在太阳穴边
世界上再宽广不过的缎面，也被抽丝剥茧
剩下手腕处的主脉。探听：起伏不定
似无余力，将灯盏的漂移再来一次

20

牛角灯，你躺在那里，像一个孤独的括号
好吧，请让我填充
这童谣，这飘忽的歌声，这透明质地的笼罩

21

在灯光的策动下，花朵
注定要与一片前卫的斜坡作战
他们不是在土壤里垦荒
而是在花朵的脑细胞里，植入音乐
它的栅栏窸窸窣窣，围云裁衣
泥土里萌动的根芽，噗嗤噗嗤
他们在斜坡拾级而上，越来越多的野鸟隐入树丛
它们或许很快乐，或许很孤单
它们的前途，与我相互惊心动魄

我们越来越离群索居，把山谷
看成是自己的恩人，和拯救者
是的，这种赐予涵盖了漫长时段
脑休克，缺氧，唯独不缺少慌乱和爱
斜坡在山风中渐渐被格式化，单纯
如同婴儿般的梦呓，如同诱虫灯般绝美

22

这波长等于谁的微笑
无须花朵佐证
寒光懂得被黑夜的沸点慢慢浸泡
我之存在，即为你之消失的青灯

23

你确乎已将时光留驻
我们的瞬间都会是凝固的。我不知道
那高于主峰的悬停是如何实现的
它为何会不动？至少有五分钟
你都在原地。在某一个流星经过的线路上
其中一个驿站里，住下来了
我在低处仰着头，看你小憩
喂马，饮星光。你像是被山巅托举着
也像是动弹变成了静寂，没人逼你

你如此不顾生之短暂，断然，要将一部分时间
分给我的追念。你其实一直在飘动
远远看去，却像是未动。一个发光点
就这样在我的视野极限，仿佛要刺穿我的瞳孔
我努力地搜索它，直到光点一闪
遽然消逝，这终极，让我久久地闭上眼睛

24

轻柔的乐声仿佛从昨天的角落而来
在今晚，被灯光的嘴唇吐出
我远离一条街道的鼓乐，另一条街道的
炸裂。我找到这条巷子连接的老桥
它横亘在众生的余音之处，似乎被断崖吸附
我将灯放置于古老的石墩之上
我就是满身枯草的隐居者了
就是满脸青苔的复古派了
耳蜗里隐隐的双人对唱，携带着电贝司
细碎的金属声，神经末梢也被捻起了
光芒和音乐有神奇的孪生关系，却面相迥异
关照人世时，也有不同的途径
进入身体的时候，灯光旋转了风泪眼
流行乐旋转了顺风耳。我视力不好
听力也成问题。每一点升腾的灯光
对我来说都是一种显灵；每一声微弱的乐声

对我来说都是一种还魂。所以我站在桥上
耳蜗不停地伸缩，眼皮不停地颤抖

25

拿笔来，让我勾画小城的鲜活心脏
有一个名字被眼光氧化
我把自己化成腼腆的铜器，上面溢出桐油
亮着闪烁的灯，盛装我的五百光年大梦
我那么轻率地说相信一切
不怀疑美好。我甚至相信这盏灯
会一直从古代亮到后世。带来先贤的信息
裹挟着先验的信息。我还相信
寥寥几笔就可以将光芒穷尽，线条不多
亦可描绘老迈。那时候灯火更是大盛
我置身于油灯左侧，动弹不得
我眼眸萎缩，聚焦之处人影憧憧
却怎么也看不清。后来所有灯盏都熄灭了
可我还没死，这多么让人害怕
原来所有光都转换到我的身体
离开的时候，我如同最大的光源
越是耀眼的事物越难以觉察，是的，灯就是
其实你也没有死。你活在我的额头上
我伸手一摸，满掌星辰

26

款款午夜的风，像一个卫士
将我身体的流毒查杀殆尽
聚光灯啊，有理由保护它的百里河山
我将在新一个轮回里
找到花朵上雕琢的纳米王国

27

这个时候，山灯就是我的星座
这混沌着的，是摩围山 1600 米的迷雾吗
我伸手就能抓住这高处的云图
像个朝觐者，找到寻宝的捷径
一盏灯，和另一盏灯的对撞，会激起多少雪
“正月十五雪打灯”啊，我静静地
修改一个动词，将“打”改为“扑”
又将“扑”改为“卷”
最后将“卷”改定为“欺”
“正月十五雪欺灯”啊，我轻轻地自语
旋即有更大的雪掀动灯盏，一个趔趄
光在雪地上滚动，苍天竟然摁不住

28

更高的山上，我准备了一颗休眠的心
等待一场焰火将它再一次烘焙
来来往往的人流真像大河啊，寒暄、询问、嬉闹
黑夜像是一部诗集，词语黑色的嘴唇亲吻着远处的龛灯
不，不……那独自亮着的不是这个夜晚的灯盏
而是一剂润滑油将停滞的诗行带入下一个回车
就这样走着走着脚印带起葱茏的黑发
重叠、幻化……我知道谁的光芒都不曾泯灭
众多的脸庞散去，脚下竟然没有丁点声音
恍惚的镜头里人们突然都像是水银灯的模样

29

那时光，还是那么近
把你的前额给我，这里仍然适合我纵马驰骋
白马的梦想，比我的春天走得更远
一笼草围过来，像一束人体纤维，被我轻轻扒开
手指上的眼珠穿透黑发里小宇宙般的夜晚
我就是你的灯座啊，为这个优雅的人生
留着圆心。你只需找到最柔软的地方
沉陷下去，即可将灵灯升起

30

去年的黄昏，透明如一杯柠檬水
我们被光线围困，渐渐不知所终
絮絮叨叨说话的人，与渐渐沉默的人
貌似同一个人。草原中央渐渐接近迷离
那眼眸依旧闪亮，像是一个人一生的遁迹之所
适合你我逃逸。后来他们终于消失
一段歌独自吟唱，人无恙，时间被光芒回收
一切顺其自然的事物，会有自己的出路
去年不远，无影灯在水杯里也泛起身影
包装得像是这个城市的一片睫毛

31

“6”这个数字，扩大一点
相当于我老家的一个干巢
一只鸟进去过，一朵花进去过
一盏灯将鸟巢照到高温
忽然就不记得数字符号的意义了
作为一种记录，它与标灯一样
是一种路过。当我们回头
它就成为雪灯了。没有归途
茫茫无迹可寻。天下无理可讲

32

灯光含水，必将被花朵殆尽
春秋大梦轮回上演——荞麦地黄了
大岭重新泛绿了，我所处的悬崖
所有的凹陷均为救生梯
不小心停留在上面的天灯，像我的一次攀爬
上不去，下不来，呼救无人响应
而我最终会顺势而下，一闭眼，命就活了
它只有腐烂在那里。我花了两年
看它的自失，竟然无动于衷

33

将灯光调暗一点，这个干巢
就像自己做了一个梦，羽毛也唱起了歌谣
枯槁的灯草和缺水的灵魂
缠绕在一起。这个夜晚
巢里逐渐温暖似乎就要燃烧
液体灯油一两，波光三钱
加上引火一束，这个工序就完成了一半
请伟大的时光将你一遍遍蒸馏

34

有一种微风，来自幽深的谷壑
一寸寸的山水，被反复席卷
灯光的头颅，捏得出水
我就是那个从火中救出数个湖泊的人
青龙湖、龙水湖、万足湖、芦渡湖
是一个个缩小的灯窝子
所谓溺爱，不就是一盏灯反复投身湖面嘛
投身多了，这些灯就成了谜灯
让人反复猜度，和吟唱

35

灯光的一串脚印，翻阅了花朵的广场
我在纹路的弧线上疾驰
花粉遍地，像是追身的雪末
脚下的隧道，古典与唯美牵手
将尊贵的气质，遗留在这座城市的心脏
灯下的影子，变幻体位
花朵和灯光，都有各自的破碎
有的银光乍泄，有的红外线扫描
还有的远距离出现，以光年的长度计算庸常情感
毫无胜算，却乐此不疲

没有人看好一个诗人的卑微身后
我身无大罪，却不得不面对汉语的诀囚灯

36

是的，诗人是在齿缝里讨生活的一类人
他像一枚标签，粘贴上去
灯光因此晃荡，再也没有分开
有一种灯光是羞涩的，是光芒中的新妇
将它调亮，又调暗，色块从丰富到简约
渐渐与面前的一切交融，身骨上
结出两枚银色星辰，如同草原上的酥油灯

37

把他灰暗的皮肤照亮，发祥于乡村的脸庞
有着异样的辉煌。谁在轻轻哼着幸福的歌谣
那旋律曾经被时光锈断，此刻
却神奇焊接。这样的夜晚
羞涩不是蚂蚱的独创，连圣母也长出了翅膀
一片变幻的红，弥漫在小镇中央

38

随便一个悬挂的羊灯，也可令我

毫无征兆地心律失常。有人佯装无事
铁轨铺就的路面越来越粗粝
他们的步伐却似在滑翔
隐隐约约的答案，酷似语焉不详的嘴形
什么都不要探究。洪流般的车辆疾驰而去
一朵充电的云彩，温暖了整个城市的午夜

39

山峰晃动，风推举出了雪
山之麓，野鸟偷听到早春的情歌
远方，呜呜乱鸣
岑寂之后的音调，散成了十卷《圣经》
山河远，一个肉身照样拥有捷径
晚点的口语，搅乱了时光的秩序
和幽深的规则。我不得不调整金属的排列
和轨道的分岔。不得不将五条道路
合为一条。白银载我去远行
走马灯带我去捕获春天的诗

40

乡村倾心，都市倾城
暗物质上演了惊心动魄的穿越剧
云朵们、鸟儿们、野果子们

你们不是我的往事如烟，是我挪移而来的袖里乾坤
明明灭灭的我，已微恙
我的词语上爬满吞噬的口器
连凤凰都听清了他们卑微而隐秘的呼喊
丁丁丁丁，长夜长歌。谁的珍珠落进天空的玉盘
奔突而来，绝尘而去，震动了两平方米的微缩天堂

41

混乱的逻辑，像一条走岔的山路
我们的反射：流水走单骑
有蚱蜢背负着它的阳光，一步的距离
成为临界。它们极速坠落不绝于缕
灯盏啊，你有婉转的世界眼光
你的吠叫，铺天盖地。珍贵的你
也深谙我的百姓情怀
追逐，反追逐，你的军演
在温柔的布匹上提前
春风那个长啊！小镇接近 180 度漂移

42

你的骨朵一寸寸获得水银，我的微光渐渐成丹
煎灯吧，用微光炼我
而我的形式：珍珠、美酒和飘摇的炊烟

哪里配领取自己的灵魂
夜色渐渐弥漫，鱼灯的小腹上
欸乃一声山水绿，我的脖颈的舟
被你指骨的桨，牢牢掌控
探照，间歇性的灯光把湖面一次次扫描

43

水墨，一波三折，九枝灯足可在宣纸上亮起
银河也足够被我的小楷点染
你像一个卷轴缓缓铺开，又轻轻收拢
没有一种皴法可以再现当下辽阔的暗夜
活着的，都是不甚明了的白描
越简单越枯寂，而又越像是我秘密的度量衡

44

你焦炭的芯片，我垒石的心脏
黑，是你的深邃；碎花啊，是你的乱局
花朵印刷在纸面上，和灯光抵足而眠
和困苦的生命一起大迁徙
夜色的银行里储满你脸颊上的天光
我的假寐中，黄金苏醒一遍，白银花腔一声

45

我知道，灯光也有照不亮的角落
毒在连线你和我，血在打败你和我
而今，你是半角的月亮
我是一弦的余音，不，上天管大悲大喜
我们，管好服刑的彼此
刑具还在身边，洞穿的肋骨一闪一闪
将地狱照亮，时间指向凌晨四点
孔明灯去了南阳，那在我怀里挣扎着的
仍然是一个小江南

46

黑云围城，幻灯来我的护城河里夜泊
叹息声，给我导航
我知道你要赶到我们的续集
修补我们错乱的语法
那时候，我青铜带锈
你流放到一页残破的诗经
我一辈子没有仇恨，只求去扉页
那汉字的繁体里安身立命
如此，前灯一撇，后灯一捺
仿佛一句解说词，站起来，又躺下

后来，我用熹微来报答所有善念
天地分开的时候，花灯圆润归来
如旭日喷薄，撑开混沌的人间

白壁

【题记】乌江畔，徒有斗室一壁，刷新白，悬旧物五件如下：

1. 水虎

水虎半卧。水通常被省略，为空白。
我得先从想象一片水域开始，领悟白壁的茫然：
无限的白，趋近于无；白，独虎的外围空间。
腻子粉养着锦鸡，碘钨灯照着永夜，
在立起来的平面上寻找白壁的水性，依稀可见透光。
女工的阴影曾经让她的面漆多了几重，
总是没能将自己刷白。而这是水虎的幸运
它从人类那里收复一片湖泊，为了宁静
它将虎尾卷起来，和涟漪保持一样的弧度
绒毛散开，水线作为刻度不复存在，
无垠，就是不干预，水虎的内心柔软，
杀气全无，脏器有一半被白代替。
它的下半身成为水质，水旋即为单色调，

女匠人将颜料清空，她有未曾设想的空茫。
她的脸颊无意贴近的地方，其时为虎脸秘境，
光泽从黑线条之间的空白处传来，凛冽。
而又安然。黑对白是一种侵袭，但是白从未撤退。
黑将虎气收敛起来，笔触成为规劝。
有一些善意是胡须轻轻地点击，重拙在腕，
不在天灵盖。为了将死亡牵引，朝向诞生，
须得有一枚刻画骷髅的本心，而白壁上分明是头颅，
森林简化为毛发在它凌空的位置，渐至枯槁。
前倾之身，扭头即能回眸，与我的凝视重瞳，
短兵相接，化干戈为墨汁。为避其锋芒
我将独眼与其对视，其势双倍；继而蒙双眼，
其气在侧，如隔空起波澜，竟至将江湖逼起，
朝我水汽淋漓而来。弃面具，定睛，
绕过重笔，透过闲笔，看见背景如白，
如河川消隐，如啸叫隐匿，如我提着白昼，
鉴定未来之敌：此物骨骼清奇，面有深渊，
背脊有天垂鞍鞯，无神灵愿以此为坐骑，
居于湖，岸线绵延未有尽头，空有绑缚之心。
太过死寂，白壁容不下动弹。湖水隐蔽的颤抖，
已经进入我幻境。明处的虎面，灯盏般扫描，
它已经孤独得只剩下我，墙壁上大水荡漾，
因其把控丝毫未见溢出。我闭光，穿戴黑幕，

飨夜而来，却忘了脱下锦衣。
也忘记备足氧气。它的呼吸，轻微，静候老迈，
和死亡。白壁净是异类，无一可欢爱，
传袭已是惘然，复制已是赝品，有人用匕首，
画出真迹，镇虎之宝，仅为一枚闲章。
我以中年之躯隐居，在金石之框内，
复得入壁悬挂。体内血气循环，隐忍，终日诵虎。

2. 马灯

诵虎如诵经。得旧马灯凶光残照。掠过白壁，
便是照过空白之湖。更亮了，灯盏谦逊地扬威。
我从印泥里挣脱，虎痕已经由中心成为边缘，
我将绕行杀虎。正面迎击毫无相遇可能。水黯淡下去，
虎骨渐去，如水渍。我终于暴露在光芒之下，
被施以古老的黥面之刑。不规则的力量，
判定了递进式死亡的不平衡性。但有火苗，
从核心扩展，抚慰夜色，如同抚摸上天的绒毛，
只有玻璃理解这种光滑面子上的裂纹。
有一种铁器是这块玻璃的近亲。它对焰火进行豢养，
内部狭小，越燃烧，越耗氧，只有从内向外打开，
才能挽救内焰于自闭症。看上去摇曳是存活的方式，
外焰更绿了。火的花朵进行了无氧呼吸，

然后凝结成炭。我欲伸手成灰。水虎一定也有此意。
它的毛发烧焦前缩了回去，钢筋一样淬骨。
我闻到了有机质的自绝味道，摸黑进入旧马灯，
又燃烧的翅翼，也有这样的味道。有毒气体，
从玻璃的缝隙缓缓释放。白壁终有虚妄的灰蒙，
无附着之物。氤氲而起的样子，像在逃难。
光和尘埃，都沿着直线行走。即便飞翔，
也不会转角。白壁因此满是暗象，有待我的命名。
旧马灯悬挂于归途，才称其为恩光，而今夜，
它心有千仞而只取一壁，在前去杀虎的路上，
像一个指路的智者，成为我的同谋。
火的本性，使它追赶可能的每一个影子。火起，
则白壁黑虎，火灭，则黑壁无虎。水虎还在，
火星一经模仿啸叫，就会复燃。我潜伏，
状如抱守寂灭。旧马灯打起燃油的点滴，
火的状态堪忧，需要输液。需要我将旋转按钮，
向右转动。我从不将这个动作做到极致。
火焰被人为放大是危险的，但是玻璃仍能罩住它。
这是一块被模具化的玻璃，圈占火的多余部分。
水虎在左，微弱的一滴穿过火与水的边界，
玻璃应声碎了一孔，我也听见微光噗嗤一声，
如念头一瞬间蒸发，如我与未来的连线断了一条。
水来借光了；水来入火了；水找到了与火交媾的疤痕。

水有幽微的使命，火便为其留足隧道。
我习惯于物质的排斥，我震惊于死敌的吸附，
和穿越。旧马灯就在恩仇序列的中间，
分开，照亮。恩我，仇我。白壁经卷一般深睡眠，
有一些梦境实现了卷曲。我借此翻阅大水，
一面一面地，深入波浪的禁地，和字符的肇始，
任何一个光源外部，都有悔恨的丝绸，
让经，从纬里抽出；泄漏的，是罩不住的。
任何一部燃烧史，都有通透的避世，
让榫，从卯里抽出。我像自我手术者，
用以青壮之心凿白壁。我春光乍泄，诵木。

3. 木剑

诵木如诵剑。得用滑腻的山茶木，以尖锐的指向，
向自己的执念之路，进箴言。
每一片木花如雪，会自动蜷缩，似从有形空域脱身，
用以对抗平铺直叙的壁面。拙者把玩其节疤，
便是把玩凹凸有致的骨节，以对应涩滞的境遇；
少年把玩其笔直的部分，光洁而又温润的手感，
与幻湖边的水虎肤质类似。我已渐渐体悟杀伐，
便是在少女的木质上祛除多余的旋转痕迹，螺旋一般的，
缠绕而上的嵌入式的痕迹，藤蔓已枯，

没有什么能再将杀虎之剑挽留在原木之中了。
去边料如削盆骨，取剑花如在木中凿出古老的火星，
制剑过程忘却未来的攻击，虎渐渐隐匿，
血腥前醉心于艺术，死亡真是缓慢精细的打磨，
少年畏惧虎，便是畏惧辽阔的消逝。存在，
作为一股强大的迎候的力量，在生死临界，
等着一件艺术品插进喉咙。存在便等同于虚无。
存在便与虎同体，与水构成无界，与火同归于尽。
其时我已经开始用汉字制作巫蛊，用倒装句，
制作回收光芒的剑鞘，用剪切的牛尾，悬挂于剑柄，
让木头获得尊严般的修饰，一抖手腕，
便是玉米须一样飘逸，水虎的周围已是漫漶的光圈，
我用云朵蒙面，欲行刺客之事。
其时我已经展开身体的封面，如同展开墓碑，
恍惚之间水虎被雾气包围，我的少年之剑也悬上白壁，
神秘的成长，贯通不惑之年，继而超越，
向白壁的未知空间而去。我已经学会了呼啸，
但是没有声音，无人能听见这灵魂里的打击乐。
沉闷意味着我在血管里奔袭，木剑沉默，意味着：
一种姿势可以令我致命。一成不变的有限生命，
多么像是可笑的永恒。我还那么相信水虎会先死。
木剑对白壁的占据长不盈尺，角度呈锐角倾斜，
破坏了白壁的方正，而又产生奇妙的平衡。

白壁因此法度森严，正式宣告从火里炼出了锋芒。
水虎的深蹲似乎更深了些，有一些水，
将光拾起，反照朦胧虎眼。它微闭，另一些光斑，
在它的黑毛上静静地找到聚火焦点。
少年执旧马灯，穿过鬼灵之水，手中木剑，
已然从苍山抽出，从大茫然里抽出，
我在白壁上沿着无序的水纹行走，越过中年之谜，
再沿着漆纹行走，穿过青年之乱，接着，
沿木纹行走，滑过少年之懵懂，不停，
沿掌纹行走，抚过儿童之局促。我一生修炼，
只为御剑飞行。白壁在深夜发出剑鸣，
如欢爱的沉吟。我知道它在诵唱剑诀。
我附件一般心有旁骛，再次枯坐，诵土。

4. 泥弓

诵土如诵弓。如诵弯曲。拼命的弧度是经火炙烤，
无名木是宿命木，它修长，
有山间美男的前半生。可它是大地的奴隶，
只配为泥成弓。它的后半生被细铁丝套牢。
不得再以身段示人。配件的身份，帮凶的角色，
这便是彻底屈服。它不再向天穹抬头，
而是经年累月，被父亲之手掌握，

不断地消磨意志，将垒土之泥，从模具箱上削去。
其时我尚年幼，不足以自己造出土砖，
不足以建出白壁的前世，我只会用钢铁的细线勾勒，
将柔软的深田黑泥，划出光洁的面子。
我匍匐，用尽身体的极致推拿，为砖块植皮，
一直将泥工置于父亲的上限。迅捷的动作，
从十岁开始就熟练掌握。我要杀水虎，
那时候我不自知，冥冥之中的绝招，练成
左手木剑，右手铁线，这必杀技只需要两下。
一块土墙的后世，来到城市中央，
便成为白壁。泥弓也如影随形，
作为木剑之侧的附件，悬挂在我伸手可弹奏的高度。
夜未央，弦乐起，我拨动泥弓便是整个大地在抖动，
发出的声音竟然如同父亲的叹息。
此时如再起杀虎之心，铁丝就会呜咽。
三十年来，佳木已像老铜，坚硬而又光滑，
沉实而又无害。可我知道它的真理，
就是替别人抹脖子。发出醒世之音，它又是和音歌手，
总在寻找万物的空隙，和大地的致命软处。
我得带着它逆行，回到我诗句的宾语部分，
跟着木剑，折返至火光的燃点，
倒逼至大湖，如同溯流到我诗歌的言外之意，
剑光明晃，泥弓的应和是心理场，是潜意识，

在攻击性的文字中，它身份特殊，
只能是虚词，抑或是隐形的气。
它不是诗歌的眼睛，不负责看见水虎的绝望，
是我秘而不宣的莫测感。或者，
它就是节奏。但是我杀虎，离开这个节奏，
无法完成。我连缀起来的字迹，依靠这个节奏，
改变我以及水虎的内心。我明显听到兽中之王
呼吸更缓慢了，它因为信仰艺术而放松了警惕。
我万事俱备，只欠祝福。是的，我要诵银。

5. 银褂

诵银如诵诞辰。它在子宫之外，在襁褓之外，
于我婴儿的恩赐，裹住我，
银铃铛在褂子上幸福地碰撞，那声音只能是庇佑。
之前，祖母用它庇佑婴儿时的父亲，
现在，母亲用它庇佑我。
我明白银子深刻的谦逊、坚韧和忠诚。
银匠能为我一生打造的合身感，数十年前，
父辈就已经体验到了。银匠甚至还能为神灵定做
合适的外衣，银子配合月光的唱词，
在每一个凌晨都像是为我的故乡送来新生，
大地残忍，总有缺憾如弃婴；大地悲悯，

总有善念如银器，为悲伤的人间修补缺憾。
它永恒的光流失，绝不为了浪费，
它短暂的整容和变形，绝不为了幻城的手工艺。
我因此得到了祖传的匠心，铃铛形，
薄皮，不厚重，不向笨拙的农人炫技，
它从我零岁起，就深入我的肌肤，我与银子互相温暖
互相磨砺，它是我金属中的兄弟，
是我的母亲，另一个儿子。我的面相和它是异姓，
我的内向和它是孪生。我终于，抛弃了它，
为此银子不发声数十年。至于今，我在乌江之滨，
觅得一白壁，适合悬挂怀旧之物。适合感伤。
也适合驱动文字的兵卒围剿未来的拦路虎。
它移居白壁，便是深入我的羁縻之城，
我画地为牢，白壁其中，银子因为危局而报警。
我开窗，有江风徐来，水虎波澜不惊，
我再面壁二十年，大宁静，如诵亡灵。
继而老朽，穿银褂，赤裸手臂，
穿透诗歌的通灵处，转入幽微秘径，
步行于长长的暗廊，每一处嘀嗒的提示，
都是我的词语在指向下一步。阳面上，
我在向水虎宣战，剑指，弓藏，灯火遍布无人间，
水虎卧波如沉船，有看不见的下坠。
我继续在白壁的阴面疾行，诗神身居地下，
先布下迷宫，我找到的每一枚透明的字符，

都是精准有效的，才能从题材和修辞的乱象中，
干净利索出来。我终于在银子那里学会了自证光明，
在泥弓那里学会了深藏悲凉，在木剑那里，
学会了寻找刺点，一招毙命。
当然，我还向灯火，学会了埋葬这门读心术。
我分别从阴阳两面出来，挑起旋涡，大湖旋转
水虎已经消失，诗成。

戏楼

1

一个上午就同时喜欢上四个戏楼的
不是我
是我暗藏的一把凿子
湖北和广东的两种方言在争抢它的光芒
内敛、黯淡、钝化的凿子
正在渐渐放弃后半生
死亡艰难而又缓慢，得穿透多少温润的木结构
才能进入空无一人的虚妄

2

未来是白色的，像火焰从未燃烧
死亡也是白色的
木头交欢的幻想，是黑色的，接近碳化

一个诗人的影子是黑色的
木屑落在上面，像是蚂蚁啃食一块全麦面包

3

我的语言是蜂巢状的，木头的语言是榫卯状的
戏楼到处是口吃的声音
咬合的声音
拆卸而又粘贴的声音。我沉默的时候
听见自己的喉部，发出了节疤的呻吟

4

我分两层来看你。底层的时候我仰视
顶层的时候我俯视。我从不曾
与你在一个时光的缎面上，保持水平
我从不曾拉伸自己思想的褶皱
与你做游戏之交。此刻我的旧情尚在飞檐走壁
而新意正在拾级而上。我是如此迷幻
在层级的摇摆中，你看我
一会儿是低处安坐的石鼓，如我今生
一会儿是高处孤独的金壶，如我来世
内部的碎石你看不见，沸腾你也看不见

缝隙你看不见，气泡你也看不见
在那些虚无的空间里，一张白纸
将我的两个层面切割出来
我那近似于无的断裂，你也是看不见的

5

我是一个人的戏班子
生旦净末丑都在暗中上演。阳光中
飘逸着我台词的粉尘；化散着
我的武功和唱工。你看见我脸上
遽然变化的乌云和春光；你看见
我不易觉察的窃喜和山野孤豹的咆哮
我一个人把《西厢记》演了，对手在百年前戏里
也在我唇间余韵中。《西游记》我也演了
我是自己的神和鬼，活在整个人间的反面
我佛也罢，道也罢，活在大量经卷的背页

6

文字中创造的生灵往往不是人
是死去的形象和活着的会意
是我的魅和你的妖

面具上浮现出木质的笑容，刀尖挑着我的光线
迟迟没有落下。我仰着头迎接诗歌的圣谕
如同迎接古旧的酷刑。我垂着头
寂然不动，没有人知道
我在接受每一个汉字的鞭笞，全身墨迹惨重
水意淋漓，像一张宣纸那样既飘逸又苦涩

7

今日，我将拆卸自己一个人的戏班子
芭茅草的发髻散了，老旧的面容沙漠化了
黑山白水的骨血消融了，凝聚的精魄
也开始慢慢晕染，有时成为虚幻的理想国
有时，成为真切的雾都。散了
我练习死亡的西域散了，我自名为王的长安散了
我皈依为苦行僧的祁连山散了
我入世做市井之徒的勾栏酒肆，全散了

8

我的身材是一粒小篆。有倾斜之势
适于铭刻入骨、入简、入鼎、入爵、入觚
我是青铜的美学，是刀笔的锋芒部分

我的身材是一条卷纹。有漫漶的表情
适宜描绘入玉、入瓷、入罐、入篮、入瓶
我是瓷器里的土坯，是釉面掩盖着的火焰

9

今晨，我甚至可以是你的古代音符
和你做关于打击乐的迷藏，你能从
金、石、丝、竹、匏、土、革、木中准确敲打我
你是听音的高手，我是命运的被动者
所谓知己，就是唤醒、辨认、聆听
就是放弃、成全和遗忘。今晨，我端坐
手心死死按着突突跳动的八音
内心剑一下、戟一下，指缝间的短匕
为虚构的乐声刺出尖锐的节拍

10

你是鼓皮，我是你的文身
红色，突兀，经过千锤百打
变得沉闷、内敛和黯淡
设若你是戏楼上的惊雷，我就是喊出冤情的
那一把棒槌。你对我把握，拿捏，叩击
我知道，你带着百年的风沙

而我带着一身的蛋白。你对我变形
和重塑，你对我鞭笞和锻打
我的裂帛啸叫，均是拜你所赐
除了你，没有谁能让江水产生苦涩的旋涡
没有谁，能让我古井一般徘徊

11

静坐。与楼宇对称，与瓦片成犄角
我的身下有无法触摸的蒲团
柔软而富有草根的弹性。我想这样入定下去
像一场白雪找到自己的黑暗，像风暴
数清自己的沙砾，像嘉陵江
与长江的每一滴水握手言欢
像我的宽阔里，浮动着你小心翼翼的尘埃

12

我就这样，以读秒的紧迫，静坐
时间太短但枯寂神醒具备。我真的就要老了
就要满世界寻找死亡的方程式
疯狂的过往略等于萎缩的下半生
所有愉悦的主角小于忧伤的配角
每一场恢宏的大场面小于独角戏

是的，我痛切的领悟来得太迟，不过不算晚
现在，我冷眼看着他们，将名字写进官契
将坟墓摁进地契。屠夫和独夫
均不如村野鳏夫。那些迷恋战争的人
最终迷恋上路边奄奄一息的弃婴
那些阴暗的告密者，最终治好自己的唇腭裂

13

一千个针眼，才刺出一只猫的眼睛
来刺我吧，将我瞳孔里面的黑刺出来
将我悲凉的留白刺出来
将我眼眸的转动刺出来
而我呀，还在寻找一片优雅的绣面
得多少针眼，才能穿透出一座牡丹亭
得有多少个我，才构成一个张生
蜀绣在我的戏台上缓缓展开，宛若一面玉镜
猫脸的镜像是虎面，我的镜像是小沙弥
转过来，历史的下一帧
我是戏里无关紧要的书童，终生担负着诗经

14

此生惯于侧门而出，进而

去最小的戏楼，在掌纹上细说生死
恍如迷宫，引我去贬谪之境
我从草书里奔袭而来，强弩之末
渐成古魏的一处转折，每走一步都像是拓碑
每交代一笔都像完成一次托孤
小范围的绝地出演，频频发生
千谋百断均是一场自刎，十面埋伏其实空无一人
退场之后冷寂无声。我致敬
那些永远都在关闭黑幕的场工
一拉一扯，就是所有人的终结
我也终于领走自己适配的身份
——尸体扮演者，时疫受害人

15

带着火苗赶路的人，遇见了封火墙
小生心中的鬼遇见歌姬身体上的磷
整个城市的雨，遇见一个小院的芭蕉
我的序曲遇见你的尾声
安好！婴儿

白羊劫

1

在武陵山中寂静的乡村
有一种危险关系
叫作羊与歧路

2

最卑微的先验者
也要在戛然而止之前修建好近乎透明的活人墓

3

孤独者是羊，自己找坟头草
一并寻找的，还有四十年一遇的盈尺大雪
用辽阔的白掩埋细微的白
羊匍匐，起身，走向悬崖

孤绝的动弹，几乎看不见

4

动物们背着它们的姓氏私奔
这一切都更接近集体逃难
北风充当了快递员
但还是赶不上豹子心动那一下

5

上游和下游，不是靠流水连接起来的
也不是靠一条鱼
而是靠羊脚印
一只羊此生能走多远，乌江和乌江的沿岸知道

6

干净的乌江，左一声旋涡右一声旋涡
它的十个镇不见了，十个乡又来到
它的石头圆过，又方过
水不喜不悲地沉向低处，而羊的海拔越来越高

7

铁轨从远方来，像是链条抽向我的羊
骨头节节败退
K 字头机车换了几次灵魂
而羊在草丛之中，像一盏灯那么贼亮

8

我的羊用普通话咬碎一个词语
余音袅袅
很脆生，很音乐，很像是蝴蝶停驻的黄花枝，在一荡一荡
哇塞——天

9

人对美没有戒心是不对的
羊的美被我的丑陋据守，就像是根据地被战争铺排
羊在远处奔走，身体里有一个菊花瓣状的发动机

10

在雨中，在玻璃走向蓝的道路上

在一排小树来到异乡的时刻
在电话接不通云，也接不通雨的中午
羊想做一个合适的词语很难
比笨拙要灵活一点，而比智慧要痴呆一点

11

一个车牌接住另一个车牌
一个车牌号码和另一个车牌号码认亲
错失往往就在排序上
羊一直在蜿蜒，在转圈，在牵引着渝怀线行走
它的经线要打一个结，才能和我的纬线实现交接

12

错愕——
就是汉语言无法解释的巨大盲区
就是街道向左转后，那个断裂的关节
就是电子显示屏一直在播报秋高气爽
却在一瞬突然出现雪花
就是我的羊，悬空前脚
而前方就是地陷

13

除了羊雪白的背脊，再也没有第二种温柔了
除了羊不断钝化的角质
再也没有第二种抵触了

14

出租车停靠的地方是我的一个电子邮箱
我交出我的文本，亲启，妥投
细胞们拉扯着血肉，筋拉扯着骨头
文字们浩浩荡荡，无所顾忌
我将自己影印了一千遍，投身墨色的海
一只进城的羊，像是所有人的领袖
也恍如一滴通透的水银，在大海里游

15

酒水跑步的时候人茅塞顿开
酒是孤独的另一片水平面
羊站在一个醉酒诗人的身旁
成为这个人的复数，和命运的置换者

16

我站在羊的偏旁那里，羊的叫声敲打着我的意象
我骨子里的结构坍塌，我左心房的语法失去了韵律
走一步
这座城市就是我们的史诗了
秋灯成为掌控者，黯淡的光芒成为毙命的箭镞

17

全城都慌乱了，羊羔的心找不到鼓槌
我找不到铁软化的理由
既不相互责难，也不相互推诿，更不相互提示

18

工蜂会将体内的毒针保留到最后一刻
只有死亡，能令一只羊
将肚腹的银线暴露在天穹之下
哺乳羊，越来越多的抽搐只为藏好自己萎缩的奶头
它甚至，从来不像人类那样
把自己的生命器官叫作乳房

19

银杏叶在飘，留给我孤僻的时间是短暂的
精神独自承担风雨那几秒，羊不在
我像是一只奇诡的乌鸦，修改着这个中午的颜色

20

把灰色的留给我，而灿烂留给羊的每一次远足
正好，我可以将某一串解说词套在它的脖子上
那将是我困窘中的所有善念在闪光

21

我张开嘴唇吐出的词语，结巴，聒噪，不动听
而羊像是一个外星人，听懂了我身体上的另一片光
我丑陋，却有大量的热量在申请交换
它有勇气回到春天，在一帘雨里签下草书的名字

22

我身体开花，速度快到让羊看不见
闪电靠近战栗时

那一下竟无从描摹

23

我想诞生是这样的，死亡也是这样的
当然
真正的欢愉
也是这样的
——唇齿之间，阳光在静静地噬咬水乳状的羊毛

24

衰草不认识自己的身份，而羊能准确命名
它甚至还认识草尖上的露水
悬置在时光那里叫嘀嗒，悬置在血脉那里叫叮咚
当我用假相迷惑一只羊，它能凭借体息
判断我与一株香樟树的区别

25

当羊绕行圆形大剧场，便是围着天空
空转
这不是斗兽场

是羊在城市里，音乐的启蒙
我看见它昂着头，像是面对村寨里高树上的喇叭

26

衰草空洞的小喉咙，似乎在唱歌
羊知道每一声口哨里细微的裂缝
衰草熊熊燃烧的时候
像是在替上天放声痛哭

27

这些建筑很灵巧，是我们身体上共同的小角
舒展的时候近乎骄纵
紧促的时候近乎勾连
我们路过它
像是羊的嘴唇，轻轻滑过傩神的面具

28

羊站在这片红叶的背阴面放我的哨
一只虫子啃食秋天的速度很慢
但很致命

羊的扳机扣在浪漫主义上
方圆十里，都是我的喽啰在朗诵林海

29

烟霞们在我右手，你在我的左胸
太阳有一半边脸是温柔的，然后隐匿不见
一滴水在羊眼里滚着滚着，就靠近了沸点

30

空气越跑越快停不下来，逐渐形成了风
我的外套没有赶得上我身体
但是我的保暖内衣还裹着辽阔的西域
羊在某一刻是我的锦缎
它有异样的辉煌，而我刚巧失明

31

靠想象活着，这是我唯一的技巧
我只能测量大水的心跳
我只能抄袭上帝的拥抱
这些都是羊所擅长的，它具备了永恒的所有可能

因此它止不住悲伤地抽泣

32

这样的夜晚
我终于听到自己胡子生长的声音
听到小瀑布安静地睡去
浪花们还在打鼾的声音
羊也听到了天空放牧星辰的声音

33

凌晨，羊的蹲姿，并不意味着顺服
它站起来刨蹄子，也不是致敬
我知道：过完没有姓氏的生活，该醒了
晨曦中的太阳，最有资格做羊的胎记

34

下山。身体折叠无数，直肠子都成了弯肠子
太阳又似乎要隐身，做我不曾阅读的密电
它释放了玉米和谷粒，我的世界有时候红，有时候白
祝我早安的鸟，是通讯录里飞来的鸟

它们知道我的第二个故乡，一定在别处

35

羊的旧居
在我的记事本里
翻开就是山水
折叠就是栅栏

36

羊还在走动，不，是在轻巧地律动
就像是一枚灌浆的刺糖罐
交出了毕生的舞蹈

37

死神卸下的所有妆，都是秋日阳光的残片
一只惊飞的蝉，原谅了自己久久的蛰伏
羊出现，又消失在这里

38

“喂，还我羊角。”那个牧羊人

还在一遍遍地向着空无，抽鞭子
风没有痛出响声
命运也没有

39

其实我想说：羊角在我这里，
由于太过卷曲
太过钝化
现在，是我额头上坚硬的伤疤
一只丧失攻击性的羊
同时丧失了自卫的力量

40

在武陵山中，最危险的关系
是歧路上，羊还活着
而它只能选择其中一条去死
没被选中的所有歧途
都是生路

长尾鹊

1

汉语说：鹊是昔日鸟

2

她的飞翔不像是飞翔，像是在飘移
轻盈的极致
便是力量的极致

3

近乎横移。无须振翅
只需要枝头反弹一下，她就离开晨曦
去了暮色那里

4

她能在空中完成一次旋转
像空间站陷入无引力的虚幻之中

5

每一次旋转，都包含着一系列动作
我若偏瘫，她就扭头
我若散光，她就凝眸

6

她的一秒可以分成许多慢镜头
让我，从剪影
看清她的绒毛
而眩晕是没法看见的
她眼里的那一滴寒露，也是没法看见的

7

没有优美的弧线，也没有激荡的幅度
她完成的乾坤转移
就像我内心的某个念头一闪
快捷而又悠然

8

天气这么好，那些把天空扫干净的人
还在感谢每一片羽毛
鹊的尾巴长
羽毛被感谢的部分充满距离感

9

从瞬间滑到昔日，这两个时间概念的联系
仅能依靠一条飞行线
昨晚此线漫漶不清
今晨看起来约同于月光沿着金属线走进音乐

10

旧时光里的鹊，今晨的鹊
残障者眼里的鹊，新妇眼里的鹊
均是同一只
她穿透我的一段时间
也把我的辽阔，化成一个孤独的纺锤

11

诗经对鹊鸟是局限
她应该突破每一个词语的包围
自由就是无人可以描绘
无人能用名句
把她流传到后世去

12

一只出嫁的鹊，在于归之期
完成了对自己的反锁
我走进线装书
像是在盗窃她的一部分自由

13

我对昔日之鹊的怀想
便约同于一场向生命的乞讨

14

今晨的这只长尾鹊，保持了最大限度的独立
那小小的身体引擎，就是弹奏天空的拨片
我忍不住用喻体唤她
——异名者

15

仿佛一只鹊就是一个集体
仿佛她从未被夜宴孤立
晨起而来
赶赴我

16

一个意象被众多意象羡妒
鹊鸟拥有众多长得像她的雀和燕
群
则江湖
派
则庙堂
做一只横着飞的鹊，克制的是群
克服的是派

17

我从意象群里辨别一只原罪的鸟
她周围的意象大多是判词

18

我说：把这只鸟叫作鹊吧
她不具有普遍意义
但是个性很突出，近乎妖

19

她的羽毛可以做我的蓑衣
她的美，可以做我的信仰

20

她高处的巢，在等春水
这就是命运
我们都明白自己的结局
为了减轻恐惧
我们拼命赞美

21

翻检自己的羽毛，便是一只鹊的修行
一些新羽
从伤口处长出来
残羽落进体外

22

脱离自我，便是新的进入
生命只有一个身体
生命的停止
只有一个体外
体外也是有限度的，曾经被叫作寂灭

23

鹊鸟不断地把自己的角质和毛质
送进寂灭里
从恐惧到平和
是一个不断疼痛、悲伤、抽搐和健忘的过程
那些被同类的打击
变成了馈赠

24

面对死亡这种必然
鹊鸟经受的每一次痛楚，都像是质疑
质疑多了
便隐约自解
获得了答案

25

她那样无所顾忌地掠飞
又无所事事地停驻
似乎通达了，也似乎通灵了
一只鹊就饰演了诸神
每天晨昏我见到她，都像是抄经

26

逐渐地，长尾鹊出现在广场和中四路
都是仪式
我得在早八点和晚六点
准时洗心，对抗空无

27

所以啊，一只鹊是孤绝的苦行
一群鹊便是盛大的弥撒

28

可我看见她面露喜色
脚步轻灵

在草地上漫步
一点不像是虔诚的信徒

29

她像是抑郁症患者，朝另一只鹊走去
远处，还有三五只
她像是一根枯草，返青
也像是一个大赦后的囚徒，见到了族群

30

这只充满暗示的鹊，我是她的明确
这只充满隐喻的鹊，我是她的显影

31

我和这只鹊的关系
是上下阕的关系
我们之间
隔着的空行
便是我们无法逾越的造物主的规制

32

长尾鹊出现了，我目力所及的范围
才真正成为视野
她逐渐缩小这片旷野的半径
开始是飞，后来是跳，最后是挪
靠近我的时间很短暂
她嘴里像是含着一个虚词，吐出来便是叹息

33

我在设法靠近她
隐蔽，整容，智能化
均无效
均会以鹊的避让方式
躲过我的介入
最后我木然不动，将内心的焦距旋转到了极限

34

一旦与这只鹊相遇
我们便共同构成了一个第三世界
——鹊和我之间
那段迷幻的距离

若即若离，小到咫尺之间
大到永无交集

35

她尽情伸展长尾的时候，亦可学孔雀
开屏一样，将尾羽铺展
这是寥寥几笔白描的开屏
这是我噤声，再不向这世界作非分之想后
单色调的开屏，删繁就简的开屏

36

我加入到鹊的荣耀之中
风也加入了
黄昏也加入了
之后她开始变得黯淡
横亘在榕树的枝丫间
无人懂得她向鸟世的致歉

37

暮色中，众多鸟的晚安，形成了鼎沸
其中包含着鹊的遗言
由于太过低沉

而被杂音淹没

38

对不起了——围捕者
抱歉啊——小人
我抬头看着夜幕，这鹊鸟的辽阔故居
没有找到什么破绽
我用步行消弭于人世，而长尾鹊
用飞行，追逐更快的消弭

39

也许我会再邂逅这只鹊
莫名
也会再碰上不测

40

互相溺爱而又互相否定
在婉拒中，长尾鹊
穷尽恒温的一生

致影子

【题记】影子，就这样向我倒计时

1. 视网膜上生长的影子

影子，是具有流动性的动物
而非液体。如果把它当成光芒看
也仅限于 37 摄氏度以上的垦荒地
原谅我，滋生了抓住影子的妄想
这受到阳光穿过雾霾时
哧哧地嘲笑：影子是藏在我冰雹里的水
既是一种击打，也是一种冷窖
你关于影子的理解都是好动的
——而真正的影子，来自视网膜
是一种永远的静止，无以捉摸

2. 影子在文化宫

等待聚光灯，是为了等待影子
大剧场的连排座位，空了一个
恰好是影子的身位
他们没有看见它，或许它静静地听完全场
然后默默地在他们的身后退去
出门，看见文化宫有一个影子
像是一柄尖刃的青铜剑
他猝然一惊：似乎要将他自己的影子斩落
他不能回头寻找一切，包括影子
它或许根本不存在，就像他眼前的
那些繁华，那些诗歌，那些迷局
那些薄如影子的，轻贱的后背

3. 影子在两路口

然后，我想把你从后背挪到前胸
这还合乎影子的规则吗？当然不
那好，只有请你更多地领略我后背的冷
至于温暖，你得和我迎面，撞个满怀
影子，我想看看你在我面前
散了的样子，走失了的样子

我知道你的反人性，和反物理性
如果你真正消弭，那一定是在街面上
进行了渗透。抑或直接走进了《圣经》
我得匍匐下来，抖抖嗦嗦，抚摸发烫的大地

4. 影子在人民路

影子是我的反义词，从未真正属于过我
这世界上的太阳日薄西山
影子总是离我很远很远
天空给我的总是一个硕大的锐角
就像人世给我的总是偏离和漂移
我要掌控影子，得祈求日出的方位
即使百里寒霜都在喊太阳开门
我都是那么害怕与影子又一次分裂
这让我隐隐觉得：影子就在我头顶
他们在更高的顶层控制着我
有一次我爬上办公楼的二十八层
推开门发现：我依然不能用掌心养活云朵
依然不能，带着彗星一样的影子纵身一跃

5. 影子在人民路 ××× 号

晨起而书，中有一个葭字
紧紧地压迫它的影子

笔尖一次次穿过它的胸廓
我看见影子，无力地泅开
关掉一组节能灯，救不起它
我依稀听见汉字内部的痛叫声
正在从兑水的墨汁里滴出来
取开宣纸，这时候的影子
形成实体，没能跟着纸张漂移
葭字的身上附着水分，附着力
那被手腕轻轻抖动的影子
竟然露出了内部的纤维
看上去它毫发属羊，有些柔软
似乎要交出逼退狼的，一处绝笔
这时候我看见，影子动弹起来
淡淡的葭，正在形成飞絮

6. 影子在人民路 ××× 号 11 楼

起身，11 楼空空荡荡
风吹过来，将我身后的门关上
咔嚓一声，也将我的影子关在门内
我在廊道上踢踢踏踏行走
影子被拉成了橡皮筋
似乎正在用力挣脱强大的体制力
而我并不清楚，影子被折断
将是怎样严重的后果

进电梯，瞬间下行
启动的时候咯噔一下
我似乎听见影子被电梯卡住的声音
那么，我该倒回去吗
去替影子续命，然后带回家吗
出电梯，迎面是宽阔的人民路
一边走向学田湾，一边走向大礼堂
这时候，我的尾椎开始无端隐痛
这条岔路，向我的影子，亮出剪刀

7. 影子在大礼堂

关于灵魂，我怀疑过他
影子知道他和浪漫主义同住在审讯室
影子更知道他，有一个叫作死亡的待产子
我一直和影子一起，等着生命的终结
此刻，我仍然怀疑一切而宁愿相信影子
相信影子给我布下的疑阵是存在的
为了验证，我会每天去大礼堂广场散步
借以发现灵魂在哪里实现转折
我看到的，都是地陀螺，和太极
人们貌似很悠闲地在博物馆门前转动
我所看到的广告牌，告知我一场展览
艺术品上涂满乌鸦。原来
灵魂是颜料做的，质地有些斑驳

在每一个转角处，影子都会闪出来
对我耳语：在这里，永远要注意身后

8. 影子在上清寺

车里的人，透过挡风玻璃
看到的花朵和围绕花朵旋转的转盘
他们对天桥印在花朵之上的影子视而不见
影子太大，需要由一千朵红花构成
影子的重叠，让花朵红得有些发紫
天桥上步行的人，用肉眼看到
影子对真实性的遮蔽，对花朵的一次性掳掠
底层的服务生、小贩和流浪汉
这时候行走在天桥上，具有了优越感
他们的影子，一律自身带着小小的暴力
显然不及花朵的影子那么宽容
那么服务于交通警察的一个手势
此刻，影子长出飞白，具备了速度和动力
一辆三轮车，陡然闯过了电流监控的红灯

9. 影子在牛角沱

牛角沱轻轨站进站口，一个长长通道
卖劣质袜子和拉二胡的盲人
共用了一个影子。影子共同静默

二胡的影子包裹在声音的内部
一根弦要获得影子，显然是困难的
有人朝他的袋子里投硬币
他听出了钱落地的声音，在梁祝之外
这一枚镍币，与铜币细微的差别
轻轻地触碰了他，但依然面无表情
他能用耳朵听到每一个路人的脚步声
那匆匆去来的紧张感。甚至
他能听到每一个人笑肌轻轻皱起又舒张
向他露出的那种来历不明的微笑
那个卖袜子的少女，影子很久没有动
他也是知道的，但他决不说出
任凭音乐在狭小的通道里呜呜咽咽
此生，他看不见自己真正的影子
看到的，都是墨镜，以及墨镜之外的黑暗

10. 影子在中四路

像爱护猫咪、小狗和猪儿那样
爱护自己的影子，这个弱小动物
率领着它走过阳光地，走过月亮地
而决不转身践踏，决不拦腰折断
失眠的夜晚，也不用安眠药毒害影子
自己瘦成枯柴，也不能让影子缺斤少两
影子是有重量的，要带着它

去玩踩跷跷板的游戏，去腾空飞起
要让每一次落在地上的影子
都觉得自己有些幸福的晕眩
影子是有声音的，要让每一个早上醒来的影子
走过长长的中山四路的时候
都能朝着树叶间泻下的阳光，惊叫

11. 影子在中四路 ×× 号

想抹掉影子真的好难。指纹慨叹
设若鼠辈出没的地方穷得只剩下影子
那影子将会被老鼠咬得遍地碎渣
想抹掉这些脏东西，想抹掉连成一片的影子
好难啊。把窗帘拉开，再拉开
旧的影子退避到衣柜以内
新的影子又重新占领了稀缺的秋日阳光
我想知道放一只猫进来
影子的结局会是怎样，会被堵进洞吗
这个地方，连猫静静蛰伏的空间都有限
影子的滋生是难以阻挡的
有一段时间，影子失去了睡眠
脱了水，生了影子的分裂症
占主导地位的不是人体行为，是影子行为
直到一只手，捂住半边乳房
影子的捷径才被阻断，归于人的生长

12. 影子在中四路 ×× 号内室

一滴血改变流量，需要加一个栓
而一个影子要从顺序变成倒序
还得把我推倒重来。这多么残酷
我就像血液那样，过心脏无须搭桥
过头颅无须植芯，想出来晒阳光
将伤口张开就行了。然而
影子没有自己的大本营，没有脊椎
没有再生，唯有越来越瘦削的我
四十年前的影子，与我现在的影子
还是不是一个影子，这已然成谜
把口型矫正一下，再把骨头减轻
是不是我的影子就会回来。哦不
影子已经屈从了在高速路上飞奔
而非在荞麦地里躺着，要扭转顺序
如同扭转血液的流向，如同向影子下毒

13. 在中四路 ×× 号想起诞生的影子

我想点击一下影子，我需要鼠标的把柄
我还想同时和影子一起，玩玩微信的摇一摇
我把影子加为好友那一天，母亲正在分娩
我看见一个巨大的影子从血光里降临

所谓形影不离，说的是生命不可以一刻错过
罪孽不可以一时赦免。还有影子
不可以在我出世的时候，遗失母性
因为，要不是母亲用唾液舔开我的单眼皮
我哪里看得见影子？哪里会体味人世的孤独？

14. 在中四路 ×× 号想起覆灭的影子

我舔着影子过日子，也叫过瘾
这个过程千万别说成是吻别
而影子永远不会被我的舌尖看穿
虽和影子互相抄袭，互相指正
但是我从未看清影子潜藏的绝望
在山坡，我背着柴火滚落两个台阶
而影子就跟着跌下了悬崖
我该怎么收回你？那个我
那个影子，那个替我先走上死路的人
那一片孤寂之地，不绵长，也不耸峙
对影子来说，就是有时候比我更容易覆灭
三十年了，我多想找到幼儿园的影子
看不见它的时候，我多想
把我背下山的枯枝点燃
而把影子，抱成一团不灭的大火

尾声：脱水的影子

早先以为，闭眼，就会把影子阻截
而它，是那么不屑于刀片，和眼皮
利用了幻视领域的光斑，依稀出现
我所看见的影子，从流沙开始
向一盏老马灯聚拢。我调节旋柄
瞬间觉得腾空而去，那里是一片老屋
如今已成烂泥，仅适合影子成长
我从身体上脱下来的影子
如同散养的野猪，长出了金黄的毛

九黎

1. 冷兵器与美工刀

凄厉的时代，你给我一柄冷兵器
让盐水顺着刀尖
滴下来
而不是血水

温柔的时代，你给了我一把美工刀
在一座城的边缘
细细地裁剪
你造就的悬崖之美，美在垂直
美在只允许我的影子
贴上去。我需要残片的月光
替我爬上去

2. 当光衔接另一种光

我需要凿子的锋利，我有世代阴沉之木

需要通透，需要穿孔
需要光衔接另一种光
由于木头是金属的亲戚，凿子更需要每一座山头
譬如摩围——来熔化，锤炼，新生
然后在木屑里消磨，缩短
我的凿子，被一座城丢弃的时候
像一截黑色的炭头。我尊重它
如同尊重我自己的骨节

3. 一把錾子的幸福

我需要錾子的安慰
是的，安慰。唯有铁
可以安慰消失的泉水。唯有矿物质
可以安慰炉火
此刻我在城墙上敲打一块石灰岩
我深刻体会到一把錾子的幸福
能替石头升温，能把它
放在城墙上，形成垛口
或许有一个手持火器的隐身人，利用了它
朝未竟的古代开枪
真切的是，一个站在特写镜头里的女子
依靠了它。当下，錾子是一个好导演

4. 我们把大地跪了一个遍

东角，跪下；南角，跪下；西角，跪下；北角，跪下
我们就把大地跪了一个遍
我们就把大地之下，跪了一个遍
匍匐绕行，几步一叩
后一个人像是在跪拜前一个人
最前一个人，像是在跪拜经幡
一群人连续不断
跪拜的事物，看不见
譬如苦难
从来就是隐身出现
譬如欢愉
从来就未曾出现过
作为仪式感的跪拜之肃穆，苦难和欢愉都不是
嗯，原始的道义，仪式之重
因为单纯而重，因为极不单纯而重

5. 无愧

世间有大义，弯腰无愧色
世间真有值得我们去羞愧的事情，值得我们去弯腰
若我跪，则像供奉的牺牲样子
若我不跪，则像挺立的稻粱样子

我跪为一谋
世人跪，为千年一谋

6. 牛皮鼓音

老牛说，我累了
取我皮，围成鼓，若是不够熨帖，请用细铁钉
刺穿我，固定在木片上
我死后的呜咽，你们就能听见了
在城内，在众多的唢呐声中
我是节拍点上，那沉闷的哀音
我不为谁而悲，我天生就是疼痛之物
我在祭祀的时候
为神，为宗族，而鸣

7. 战神的法则

真正的法则是：人由于自然而退避三舍
人世由于繁衍生息而让老弱妇孺有饭吃
有时候我们仅仅为了一个婴儿
就流干最后一滴汗水。我不能提到血。血是有光芒的液体
与神匹配。与战神匹配

8. 舍利之一说

我尊崇稚子的纯洁，也尊崇老朽的丑陋
那最后一枚牙齿，在火焰中，最后会形成白骨
数代之后，有人称之为舍利
而我们往往弃之如敝履
荒野里，一枚人牙，与一枚狼牙，没有区别
人与兽，我都尊崇。只要他们出现在古代
或者一本线装书里，或者出现在噩梦之中
或者我的想象力里，甚至于根本不出现

9. 我在这里等渔和鱼

一竿独钓，钓天下。万竿齐发，钓江南
江南以西，溯河而上
我在这里等渔和鱼
我在反复书写渔获这个词语。我深知其水意
我如此恐惧大水，我如此沉迷于一滴露珠
鱼来了，像是白金
生生地打碎了我的所有词语和墨盘
围城而渔
围栏而猎
保护和释放
最伟大的生灵以放弃为唯美

10. 它们与我的山和纹理相似

五谷，稻子和我身材相似
黍，酿造的醅酒与我的体息相似
稷，与我的山河纹理相似
麦子，与我的诗经相似
菽黄汁白，与绝大多数先人的灵魂相似
我该怎么写下它们？它们多么小，小到心眼的样子
大地多么辽阔，辽阔到遍地五谷

11. 青铜就是我返祖的样子

有时候我会在内心为金属排序
不以时代为序，不以贵贱为序
不以颜色为序，不以轻重为序
不以夺走生命的多寡为序
不以出土的规模为序
我不知道以什么为序，我就是喜欢铜
祖父的铜烟杆，是我对铜最为深刻的记忆
这记忆也可叫作残存
满城银铃，或许可以唤起一块旧铜
设若一块铜经历了氧化过程
那么，必定与坟墓有关
这种关联，让我对铜器心生敬意
当然，我也明白，银子的祝福同样古老
当然我也知道，青铜就是我返祖的样子

12. 消弭仇恨的佣兵像我的先祖

俑兵土制，成陶；木制，成为兵神？绝不是
成为雕刻，成为粗糙的艺术
战争浩大连绵，也不过是辗转一生
临死，可让泥土来模仿，可让木头来模仿
怒目圆睁抑或低眉顺眼
全凭匠人一念
有时候我喜欢那些悠然的古人，有搂抱一下的冲动
没有仇恨就是好，离我更近
像我的祖先
甚至可以放在我那薄薄的神龛上

13. 关于盐的传说

郁山古镇天然盐泉含氟过重，我的祖父曾经少年黑牙
他有一个好看的女人，少女黑牙
黑牙人认为黑牙人好看。明眸皓齿，不好看
盐白，齿黑，我的族群这样传诵
而关于白盐漱口白牙的传说，像是在说书
我的祖父贩卖过私盐，也在老旧发黄的制盐作坊边
醉酒昏睡，醒来之后
他看见，河谷两岸，千盏明灯，像是众神全部下凡

14. 豢养的神

驯兽之时，野性进笼
我现在需要一头走兽，它在缓慢释放野性
此刻，我的亲人们，在智能化的某一刻
像某个古典的驯服场面
人就这样反复对抗和妥协
兽性和人性有时候互为反讽
我喜欢猛兽长翅膀，这样才能成为图腾
经过豢养的牛头马面，也可神化
我的身骨，是它们头顶的角质，还是它们脚底的蹄筋
坚硬和坚韧，我需要一辈子选择
才能完成命运

15. 细微的呼喊

我用细微的声音呼喊：巫师。熟悉汉语的朋友啊
你可能认为我是在呼喊：武士
这两者何其相似
我的武士就是巫师，我的巫师就是武士
我的那些跳完傩戏的亲人，取下面具就是杀手
我的那些唱完孝歌的亲人，离开道场就是农人
他们在角色中转换，在人和巫之间变幻
我能准确分辨出其中的一个：

老者、长者、善者、悲者、舞者
来自我的村庄，但我不对别人说出

16. 一块皮

我多么需要一块皮：兽皮、人皮
我最迫切需要一块皮：地皮
在九黎，我有一块皮，足矣
我多么需要在四月初八，一个农历的平凡日子
跪在一块皮上
躺在一块皮上
如果，一座城，有足够的耐心等待一个人
我会回来，死在一块皮上
温暖的城里，温暖的皮里
我在某一个夏季，请求泥土来模仿我
摔我，塑我，烧我，藏我

图书在版编目（CIP）数据

白壁 / 张远伦著 . -- 天津：百花文艺出版社，2021.7
ISBN 978-7-5306-8089-6

Ⅰ. ①白… Ⅱ. ①张… Ⅲ. ①诗集－中国－当代 Ⅳ. ①I227

中国版本图书馆 CIP 数据核字(2021)第 067434 号

白壁
BAIBI
张远伦 著

出 版 人：薛印胜
特约策划：彭明榜
选题策划：刘 勇 责任编辑：李文静
书籍设计：孙 初 万 爽
出版发行：百花文艺出版社
地址：天津市和平区西康路 35 号 邮编：300051
电话传真：+86-22-23332651（发行部）
+86-22-23332656（总编室）
+86-22-23332478（邮购部）
网址：http://www.baihuawenyi.com
印刷：北京精彩世纪印刷科技有限公司
开本：889×1194 毫米 1/32
字数：144 千字
印张：7.5
版次：2021 年 7 月第 1 版
印次：2021 年 7 月第 1 次印刷
定价：55.00 元

如有印装质量问题，请与北京精彩世纪印刷科技有限公司联系调换
地址：北京市海淀区学院路 5 号 768 创意园 D 座 06 号
电话：(010)82423131 邮编：100082
版权所有 侵权必究